大正９年１月　ニューヨークにて

徳冨蘆花

徳冨蘆花

●人と作品●

福田清人
岡本正臣

Century Books　清水書院

原文引用の際，漢字については，
できるだけ当用漢字を使用した。

序

若い時代に、史上いろいろな業績を残した人たちの伝記やすぐれた文学作品に親しむことが、その人間形成に大いに役立つことは、改めて記すまでもない。ことに美と真実を追求した文学者の伝記は、感動をよぶものがあり、その作品理解のためにも必要なことである。

たまたま清水書院より、近代作家の伝記と主要作品鑑賞のための「人と作品」叢書の企画の相談を私は受けた。そしてその執筆者も既成の研究者よりもむしろ新進の研究者の新鮮な筆を期待するということであったので、私の関係していた立教大学の大学院で近代文学を専攻している諸君を多く推薦することにした。

こうして叢書の第一期九巻、第二期十巻は一九六六年に刊行された。読者カードを見ると、若い層はもちろんかなり年配の人の手にまで渡っているようで、その平明な表現のなかに、それぞれの筆者が若い情熱をこめた内容は、挿入の写真とあいまって、かなり好評で、監修者としても喜んでいる。

さて、その第三期中の一巻がこの「徳冨蘆花」である。この筆者岡本正臣君は小田切進教授について近代文学を専攻していたが、私の研究室にも出入していた。

徳冨蘆花は、大衆には『不如帰』の作者として知られているが、近代文学者の中で、求道的生涯をつらぬき、その『自然と人生』はかつての若い人々の愛読の書であり、『思出の記』、『黒い眼と茶色の目』等も広く読まれた。

まだ武蔵野の面影をのこす粕谷の旧屋あとは、蘆花公園として、彼の田園生活のあとをしのばせ、伊香保は『不如帰』によって有名になったゆかりもあって、その忌日には同地蘆花公園で蘆花祭を催し、かつて私もその祭典に招かれて赴いた思い出もある。

こうした蘆花の姿が本書によく描かれていると思う。

写真は粕谷の蘆花記念館、伊香保の千明仁泉亭、ならびに逗子・今治両市役所のご配慮によるものを多くいれてある。

福田清人

目　次

第一編　徳冨蘆花の生涯

蘆花の生家
（昭和6年ごろ撮影，熊本県水俣《みなまた》市）

公卿衆の子

公卿《くげ》衆《しゅう》の子

「おお、これは奇麗《きれい》な子、公卿《くげ》衆の子の様《よう》ぢや」
（『富士』）

祖父の太善次は生まれたばかりの赤ん坊をのぞいてこういった。これが後の文豪、徳冨蘆花となる人の誕生である。

赤ん坊は健次郎と名づけられた。徳富家、第七番目の子どもである。この子には四人の姉があった。一番上の姉が常子、その次が光子、音羽子《おとわこ》、初子という順である。そしてその下に徳富家待望の嫡子《ちゃくし》であり、健次郎の兄にもあたる猪一郎《いいちろう》が生まれていた。

健次郎が生まれた時、兄の猪一郎はすでに六歳になっていて、この物わかりのいい兄は、生まれたばかりの弟の赤い顔を自分の黒い顔と比べながら興味深げにながめていた。

この兄のほかに健次郎には、今ひとり、兄となるべき人があった。しかしこの兄は健次郎が生まれる四年前に友喜《ともき》という名前をもらうまでもなく、生まれるとすぐに死んでしまった。

こうして徳富健次郎は、明治元年（一八六八）十月二十五日、熊本県葦北《あしきた》郡水俣《みなまた》（現在の水俣市）に徳富家の三男として、父一敬、母久子のあいだに生まれた。その日は、明治になってやっと四十七日目のことであった。

徳富家系図

徳富太善次美信
- 一義
- 高廉
- 昌龍
- ますも
- はる
- りも
- 一敬

八島忠佐衛門直明
- 直方
- 五次郎
- にほ子
- もと子
- 順子
- つせ子
- 楫子
- さだ子
- 久子

一敬＝久子
- 常子
- 光子
- 音羽子
- 初子
- 猪一郎
- 友喜（夭折）
- **健次郎**

徳富家

徳富家には豪快な家風を反映させた数多くのエピソードがある。その中に初代、徳富忠助に関する次のようなものが目をひく。初代忠助は、一六三七年に起こった島原の乱に細川忠利《ただとし》の一隊に属していた。かれはこの戦いで有馬城攻略の際に、海辺から大砲をうちこむという大手柄をあげて、主君から肥後《ひご》の国葦北郡水俣の郷《ごう》を永久領土としてたまわった。そして、これが徳富家の開祖となったのである。以後、徳富家は当地の気骨ある郷士として総庄屋《そうしょうや》と代官を兼ね、この地を治めた。

このほか、四代目徳富一廷《かずのぶ》について次のようなエピソードが伝わっている。

一廷は、情のある下僕思いの武人であった。

ある夜、この役所に酔漢《すいかん》があばれ込み、乱暴狼藉《らんぼうろうぜき》を働いた。下僕ふたりはこれを刺し、勢いあまってこの酔漢を殺してしまった。

これに対して奉行《ぶぎょう》所は、これら下僕に入獄を命じた。これを見て、主人の一廷は怒り、下僕ふたりの生命と徳富の家名を守るために切腹を敢行し、自らの生命でこの急場を救った。

一子久貞は、このため十九歳で家を継ぐことになった。これが徳富家中興の祖と呼ばれる太多《おおた》七《しち》久貞《ひささだ》である。

久貞は臨済《りんざい》宗大徳寺派の碩学《せきがく》独生和尚に師事して、宝暦《ほうれき》年間、当時、紀伊の徳川治貞《とくがわはるさだ》とともに、日本の二賢君と呼ばれた細川重賢《ほそかわしげかた》に抜擢《ばってき》されて、民政改革のために大きな力を発揮した。

その後、時代は移り、幕末になってここに健次郎の祖父が登場してくる。

この人はその一生で、これといってはなばなしい活躍をした人ではなかったが、彼には南国の男性特有の野《の》武士の気性があった。徳富兄弟はこの祖父を次のようにそれぞれ描いている。

まず蘇峰《そほう》は、

「津奈木の総庄屋として勤めていた際、一寸《ちょっと》百姓一揆《いっき》らしきものが起つて喊《とき》の声をたてて官舎を取巻いた。然《しか》るに祖父は耳元を聞かざるもののごとく隻肩《せきけん》をぬぎ灸《きゅう》を背に据えて平気でいた。」（『蘇峰《そほう》自伝』）

といい、一方、蘆花もそれに輪をかけ、

「一揆が近くに迫つても褞袍《どてら》一貫、帯一つせず炉側に胡座《あぐら》かき、好い時分に巨魁《きょかい》十数人を縛《しば》つて牢屋に繫《つな》ぎ、正月になつたので振舞うたり、大酒ひつかけて酔えば得意の『阿古屋琴責《あこやことぜめ》』を唸《うな》る祖父」

と晩年の長編『富士』の中で語っている。

後年、さまざまな反目をかれらの人生に展開するようになる徳富兄弟も、この祖父、太善次《たぜんじ》に対する尊敬の念はこのようにいつも同じであった。

蘆花の父

健次郎の父、一敬《いっけい》は豪快な家風を誇る徳富家にはそぐわない人だった。そのため祖父の太善次は、家督をかれにゆずるのをいさぎよしとしないで、次男の熊太郎一義に、自分の跡《あと》を継がせるつもりでいた。次男の熊太郎一義は熊太郎と呼ばれるだけに、太善次の荒い気性をよく受けついで、抜群の体格を誇っていた。そして、心もやさしく、当時人望の厚かった横井小楠《しょうなん》の塾《じゅく》においても、秀才の誉《ほま》れが高く、文武両道に通じる人物として、太善次の鑑識《めがね》にかなっていた。

ところが嘉永《かえい》六年(一八五三)、この熊太郎が、突然チフスにかかって、あっけなくこの世を去ってしまったので祖父は落胆《らくたん》した。しかし、そうかといって今さらあっさり長男の一敬に家督を継がすのは、太善次の昔気質《かたぎ》が許さない。そこで太善次は思案にくれた。そうこうしているうちにすっかりあきらめていた男の子が長男の一敬に生まれ、ついで健次郎がここに出産するに及んで、徳富家はすっかり息を吹き返してしまった。

蘆花の両親　淇水翁（87歳），久子刀自（80歳）

そこで祖父太善次はとうとう長子、一敬に家督をゆずることに腹をきめた。そのあたりの事情を蘆花は、

「祖父は中々父に家督を譲《ゆず》らなかつた。父の旧記の中に熊次（蘆花）は父の八幡詣《もうで》の述懐《じゅつかい》を見た事がある。八幡様は応神天皇、御母神功皇后の頑張《がんば》りで六十歳になつてやつと天皇として御即位なつた御方である。」

といい、

「それらの懊悩《おうのう》で父の立場は苦しく克己《こっき》我慢《がまん》の果《はて》は、大酒になり烈《はげ》しい癇癪《かんしゃく》になり、女を愛して欝《うつ》を漏《も》らしたりした。」（『富士』）

と語っている。

一方、兄である蘇峰は徳富家における自分の立場を、

「如何《いか》に予の生まれたる事が予の家にとつて大事件であつたかは想像も及ばぬ程で、是れ迄陰欝《いんうつ》であつた吾《わが》家は、急に光明となり……。」

（『蘇峰自伝』）

と述べている。

こうして蘆花の父一敬は不幸にしてその父太善次に好かれず、それだけに苦労の多い人であった。豪気一点ばりの祖父から見れば、一敬はなるほどいかにも頼りになりそうにない人物であるが、しかし、少し見方を

変えてみるとそうとばかりはいえない節《ふし》もその人生の中にのぞかれる。というのは一敬もまた、太善次の愛した熊太郎と同様、横井小楠《しょうなん》門下の秀才であったし、竹崎律次郎・矢島源助と並び称される三高弟のひとりであったからである。

師の小楠はこの愛弟子《まなでし》三羽烏《さんばがらす》を、

「竹崎は器用過《す》ぎて考えが深く及ばぬ。徳富は考えが綿密過ぎて決断が足らぬ。矢島は不凡《ふぼん》で眼も見え果断だが後《しり》がつまらぬ。」

と評し、尽きない愛情を持ってながめている。わけても一敬に対しては小楠が塾を開いた時、最初に弟子《でし》入りした事情もあって、明けても暮れてもこの最古参の門弟を頼りにしていたという。

「一敬。一敬はどうした。」

これが年老いた師、小楠の口ぐせであったという。

そんな師に対し、弟子の一敬も文字通りよく尽くし、この師が明治二年（一八六九）一月、京都寺町通りで暗殺されると、残された家族のために少なからぬ援助の手をさしのべている。

小楠の兄、時明の子、左平太・太平の二児が米国へ留学することができたのも、一敬が持っていた古金《こきん》と山の売買で作った費用によった。

蘆花の父一敬は、当時としては相当の教養を修めた文化人であった。

蘆花の母

久子は一敬が小楠塾でよく知っていた矢島源助の妹で、彼女は一口にいって男まさりの女性であった。一敬がどちらかといえば篤実温厚《とくじつおんこう》な人であったがために、彼女の生まれつきの社交性は徳冨家に嫁《か》してからいっそう前面におしだされることになった。

兄の蘇峰は次のように母を語る。

「予の家は、特に予の母の時代となつてからは縁家親類の倶楽部《くらぶ》同様であり（食事の時には別に用もない客がわざとやつてくるという始末《しまつ》で）斯《か》くすることが予の母にとつては恐《おそ》らく一つの習慣と云《い》わんよりは快楽であつたかも知れない。」（『蘇峰自伝』）

と母の社交性を伝えている。一方、蘆花もそんな男まさりの母を、

「母の母は其の女《むすめ》の覇気《はき》過《す》ぎるを気にして観音様《かんのんさま》に願《がん》をかけ、死ぬる時、母を呼んで卿《おまえ》に願《がん》を譲ると遺言したそうだ。母は母から謙抑の願を譲られた。」（『死の陰に』）

とユーモラスにぼかしながら母を語っている。

弱虫・泣虫・怒虫

生まれたばかりの赤ん坊の健次郎は夜となく昼となく泣きつづけた。健次郎には十分な母乳がなかったのである。かれはひもじくて母の乳首を絶えず探した。癇《かん》の強い母は、そんな末の赤ん坊をうるさそうに抱きあげると、しなびて押せど突けど乳など一向に出ようとしない乳房をあてがっていた。姉のひとりが母のところへやってきて、「乳が少ない」と母に告げると、母はさっそく彼

女を酒屋にやった。まもなく彼女は甘酒の元になるこうじを買っていそいそとやってきた。こうして赤ん坊の健次郎は、母乳の代わりに甘酒を飲まされることになった。

この点について蘆花の門下生で、すぐれた研究者である前田河広一郎《まえだこうひろいちろう》はその著『蘆花伝』の中で次のように述べている。

「私達はここに母乳と、甘酒といわれる一種の醱酵《はっこう》性飲料とのビタミン栄養価の含有量の比較分析を試みようとはしない。

ただ、この赤ん坊が五歳になつたころの記憶に、『顔一面に腫物《はれもの》を生じ、長く癒《い》えず』とあり、また、小学校へ通うころになつても『成績優秀なるも、身体虚弱』と書いてあるのに公卿衆の子がどうしてそんなに汚《きたな》くなつたか訝《いぶか》るものである。……さらにこれはすこし理想的な食餌方法であろうが、最近アメリカの育児に関する臨床的実験の結果授乳期の母親の一日の適量の栄養摂取は、次の如き配合でなければならぬと云われている。『即《すなわ》ち生果物《なまくだもの》一個、調理した野菜物二個、調理した果物一個、生野菜一個、一クワートの牛乳、犢《こうし》の肝臓《かんぞう》、麦芽糖《ばくがとう》大匙《さじ》一杯』と。」

それかあらぬか健次郎は一生を通じて絶えずくだものを要求した。そしてそれを裏づける資料として、

「果物の中で余は恐《おそ》らく柑橘《かんきつ》を第一に愛する。県では三番と下らぬお役人の大切にされた季《すえ》つ子でありながら、好きなもの故に二、三丁の野路を袋《ふくろ》ぶら〳〵一人でミカン買いに行く五歳の男の子を余は知つている。」(『死の蔭に』)

と書いている。

この一件、すなわち、母乳が不足していた点を除けば、幼少の健次郎は裕福な家庭の中ですくすくと育っていった。頑固《がんこ》な祖父も健次郎が末っ子だというのでことさらにかわいがり、四人の姉も入り代わり立ち代わり玩具《おもちゃ》代わりに幼い弟をかわいがった。小さな健次郎の五体にはとほうもない愛がむやみに注がれた。健次郎はすっかり甘えん坊のわがままな子どもになった。兄の蘇峰はそんな弟をうらやんでいた。

「又《ま》た、親達は孫の様なつもりで、うまいものを食わせるとか、若《も》しくは頭を撫《な》でてやるという様なことはしたけれど一所懸命に教育などと云うようなことをするだけの必要は感じなかつた。」（『蘇峰自伝』）

と語り、蘆花自身も幼少のころの自分を、

「子供時代の熊次（蘆花）は特に懦弱《だじゃく》と叱られる外、愛された記憶の外に何ものも有《も》たない。」（『富士』）

と語っている。

甘えん坊になった健次郎は、手のつけられないわがままな子どもであった。好ききらいが激しく、よく母にだだをこねて困らせた。当時の模様を蘇峰は、

「学校に行く時に弁当がうまくないといつて食わずに帰るというばかりでなくして、大概《たいがい》弁当箱ぐるみ川の中に棄てるとか、道に棄てると云う様なこともありまして随分《ずいぶん》弁当箱を沢山、母は取かへ引かへて購《あがな》つたのである。」（『蘇峰自伝』）

と伝え、本人もそのやんちゃ振りを、

「銭は使うもの、なくするものと決めていました。もつと経済を知らねばと父兄の小言を毎々食いました。」(『新春』)

と告げて買食いのおびただしかったことを告白している。このむちゃな買食いがたたったのか健次郎の口角のまわりにはいつもかさぶたを持った腫物《はれもの》が絶えなかった。生まれ落ちた時「公卿衆の子」とたたえられた子どもも、今ではすっかり尾羽をうち枯らしてしまっていた。健次郎はそんな自分の顔を見ては痒《かゆ》さと、突きあげてくる怒りに癇癪《かんしゃく》玉を破裂させて泣きだした。泣くということはわがままな子どもの常で、いつも有力な武器となった。健次郎の得意の手は泣くということだった。兄はそんな弟を「弱虫・泣虫・怒虫」とはやし、この弱い弟をいつもからかっていた。

善人帳・悪人帳

七歳になって健次郎は、本山小学校へ通うようになった。あいかわらずわがままが直らず、何やかやとだだをこねて学校へ行きたがらない。父や兄は毎朝、健次郎に悩んだ。楽しかるべき小学校が少しも健次郎にはおもしろくないのである。その最も大きな原因はからだがひ弱《よわ》かったことと、顔や頭に吹きだした例の腫物とであった。この感受性の鋭い少年は早くもやっかいな自意識に目覚めて自分の容貌が気になった。気にしだすとそれはしつこく少年の頭にまとわりつき、かさぶたのように容易に離れようとしない。

「余は虚弱の体質を禀《う》けたり。幼き頃は病院に元日を迎えしことも少なからず。その上満頭満面に汚き腫《はれ》物《もの》の十歳の頃までは、はびこりて、人も忌《い》み嫌えば、自らも恥ず。」（『青蘆集』）

という記述になっている。

健次郎はこのころから暗い無口な子どもになった。友だちがわざわざやさしい声をかけてくれても決して
それに受け答えをしようとせず、ただ黙って大きな目で相手をじろっとにらみつけるばかりであった。

兄の蘇峰は「弟を弔するの辞」で、

「非常な内気もので、はにかみやで人の前では碌《ろく》に物も云えない位の風であつた。」

といい、

「もつとも小さい事によく気がついて、それから何事にもあまり辛抱《しんぼう》ということは出来なかつた。」

と告げている。

健次郎はひとりいらいらしながら学校へ通った。ところが学力だけはどうしたことか非常なできを示し、
秀才であった兄をして、

「弟の小学時代には余りにその学科が出来すぎて傍輩《ほうばい》に気の毒であるとて、故《ことさ》らに知らぬふりをして点数を減らした程《ほど》でありました。」（『蘇峰自伝』）

といわしめている。

本人も学力には自信があったとみえて、その作品『黒い眼と茶色の目』の中で、

「専《もっぱ》ら記憶力で行く小学校の初級では敬二（蘆花）は常に級の首位に……少し字を知ると仮名を拾つて昔

話草紙《そうし》ものを読んだ。」

とその文学的早熟ぶりを語っている。

文学に親しむようになった健次郎は、二年生になると日記をつけ始めた。最初は思うように書けず、一字書き損じると初めから破いてしまった。ことごとく書き直さねば気がすまなかったのである。しかし慣れるにしたがってそんなこともなくなり、歩きなれた道を歩くように筆が進むようになると、たちまち健次郎には文学の世界がおもしろくなってしまった。かれの日記は、日が進むにつれてその厚さを増すようになり、その結果「善人帳」と「悪人帳」という二冊の備忘録まで備えるようになった。

徳富家にはその当時、大ぜいの訪問客があった。健次郎はそれらの客を遠くから注意深く観察しては、いちいちその印象を二冊のノートに書きしるしていった。大ぜいの訪問客はいつのまにか善人と悪人に色分けさせられた。

健次郎はひとり孤独の世界で容赦《ようしゃ》のない鞭《むち》を他人に向かって振っていた。

後年、蘆花は『早稲田文学』の記者をしていた中村星湖《なかむらせいこ》に、

「私は少年の頃から、自分の事は棚にあげて人を裁判することが好きで、七・八歳の頃から『善人帳』『悪人帳』というものを拵《こしら》えて遭遇《そうぐう》の人物——年寄《としより》だろうが子供だろうが一々あれは善人、これは悪人と区別を付て、読んで見ると、その善悪ということはつまり自分の好悪という意味でした。」

と語り、善人と悪人の区別が、少年の理性によるものでなく、感情によるものであったことを告白してい

る。星湖は代表作『少年行』を持つ作家である。

さて、そんなわけで賢かったけれど弟にはきびしかった兄は、幼い健次郎によって極悪人《ごくあくにん》のレッテルをはられ、墨、黒々と「悪人帳」の中に記されてしまった。

弟、健次郎にとって兄貴はどうも虫の好かない人物だったのである。

熊本洋学校

明治四年(一八七一)四月、春の早い熊本に熊本洋学校が設立された。熊本藩は元来《がんらい》西洋文明の導入に熱心な土地で、藩主、細川護久《のりひさ》もそのひとりであった。護久は明治政府が中央で着々その地盤を安定してゆくのを見て、先にアメリカ留学から帰国していた小楠の遺児太平を呼びだし、学校の設立をかれに命じた。太平は護久の命をうけると病軀《びょうく》を押して上京し、米人ゼェンスを熊本に連れてきた。暑い日本の八月、ゼェンスは南国九州の熊本に着任した。

熊本洋学校は新文明導入を目的にしていただけに、その内容は清新の息にあふれていた。毎朝そこからは珍しい起床のラッパがまだ明けそめぬ熊本の町々に響いたという。

久布白落実《くぶしろおちみ》はその著『湯浅初子』の中で、次のように書いている。

「生徒はみな寄宿舎に入れた。第一に服装――白シャツを着せた。どこから手に入れたのか揃いの白シャツ、これが有名になつた。万事が米国の軍隊式で起床はラッパで洗面、歯磨き、それと頭の手入れがある。鏡が男の子の寄宿舎にあると云つて参加の父兄は一々、見て歩いたもの。それから整列して食堂に入り、ラッパで箸《はし》をとる。一日、二時間のレッスンだが、それがとても厳格でむづかしく自習に一日の大部分が費された。第一級が五十人で始まつて卒業は十一人、第二級が翌年七十五人で始まつて卒業は十一人、どしどし先生の問に答えられぬ生徒はふるい落されたのである。」

これによると当時この学校は破格のモダンさを誇っていたことがわかる。九州男児が毎朝、鏡の前に立っていたのである。食事もパンとか牛肉といったもので、校舎の窓はすべてガラスがはめこまれていた。

こうした物珍しいものばかりの洋学校へ健次郎は明治九年に入学した。ところがこの年の八月、熊本洋学校は突然閉鎖をよぎなくされてしまった。それには一つの大きな事件があった。

最初、洋学校は設立当時の西洋文明の導入という実学的な精神をモットーにスタートして、その内容も、養蚕・製紙あるいは織物等を教えることをおもな目的にしていた。ところが教師のゼェンスは時がたつにつれて、しだいにキリスト教の教育を強めるようになり、それに和した生徒たちが明治九年(一八七六)一月二十九日の土曜日に熊本の花岡山に集会して、通称熊本結盟《バンド》と呼ばれるキリスト教の結社をつくりあげてしまったからである。キリスト教を邪教扱いすることは、明治三年四月四日の「邪宗門の『邪』を削《けず》るべし」という勅諭によって否定されている。しかし九州熊本ではまだまだそれくらいのことでこの異教に対する心を解いていなかった。

熊本の町はこの事件に騒然となり、親は泣いて子どもにその改宗を迫った。その模様は昭和七年(一九三二)十一月、熊本教会において行なわれた湯浅初子(健次郎の姉)の講演「熊本バンドの思い出」に詳《くわ》しく述べられている。

「花岡山で決心した熊本班三十何人かの人達に対する迫害は随分ひどいものでした。この人達はゼエンス先生の聖書の講義に出席して信仰に入るようになつたものです。この講義に出席して居られた人達は約百人程もあつたように覚えてます。私は横井家に居りましたので、おみやさんと二人で時々これに出席しました。横井家は儒教の家として知られた家ですから、ここから耶蘇《やそ》が出たとなると大変なことになるので時雄（小楠の長子）が熊本班に加つた時には母は白刃《はくじん》を擬《ぎ》して自刃を迫つたもの。

時雄は一室に監禁される。海老名《えびな》・小崎《おざき》氏等が武者窓から忍んで励ますという大変な騒ぎでした。……時雄はその時、所持品はすべて取り上げられてしまつたが聖書だけは褌《ふんどし》の下に隠して持つていた由です。私は二、三度聖書の話を聞いただけだつたが私の父は非常に心配して所持品はすべて焼き払われてしまつたものです。」

騒擾《そうじょう》と混乱の後、ついに八月、熊本洋学校はその門を閉じてしまった。毎朝熊本の人々の眠りを破ったラッパも今は遠い異国のものになり、健次郎は物議をかもした兄たちの動向から、おぼろげながら新しい宗教の姿――キリスト教なるものの存在に気がついた。

後年、蘆花文学に少なくない流れを見るヒューマニズムの精神は、このキリスト教との出会いによってつちかわれたのである。

明治維新後、中央政府によって強力に推進された社会の欧風化には人々の目をみはらせるものがあった。しかし、その裏にはまた激しい身分制度の崩壊があって、昨日まで郷士であった者が「勝てば官軍」で今日は中央政府の要職に昇り、他方では由緒《ゆいしょ》を誇った士族が禄《ろく》を奪われ食べることにさえ困って路頭にふるえていた。そのうえ、明治九年(一八七六)三月になって佩刀《はいとう》禁止令が士族に対して出され、それまでこの悲劇の人々の唯一つの精神的よりどころであった刀は政府によって奪い去られてしまった。

刀は武士の魂である。それを奪う政府は狂っている。飢えと悲嘆にさいなまれた人々はそう思った。

「誤りは即刻正すべし。」

人々は口々にこう叫んで熊本の藤崎八幡神社に集結し、明治九年十月二十四日の夜とうとう蜂起《ほうき》した。これが世に名高い「神風連《しんぷうれん》の乱」であった。

恐ろしき一夜

その夜は霜のひどい寒い夜だったという。健次郎は真夜中の二時過ぎ、突然母の久子にたたき起こされた。かれはぼんやりした頭でパン・パン・パンという豆のはぜるような鉄砲の音を聞いた。流れ玉が頭の上をひゅーっと飛んで壁の土を畳の上に落とした。

かれは夢中で母親にしがみついた。しかし気丈な母親の久子は、ふるえている健次郎を二階に連れてゆくと、二枚の雨戸をはずしてその前に立たせた。そこには健次郎が今まで見たこともない大きな赤い火がいたるところに燃えていた。

かれはぶるぶるふるえながらその異様な光景に見入った。蘆花はこの時の一部始終を雑誌『国民之友』のスケッチで次のように書いている。

「火は一時に五ケ所に燃え、焔《ほのお》は五ケ所より分れ上りて紅く空を焙《あぶ》り、風なきにざわつく笹《ささ》の数も鮮かに数えよまるゝばかり……」

かれの短編小説、「恐ろしき一夜」はこの時の体験を綴ったものである。

同志社入学

十一歳の夏、健次郎は兄の猪一郎に連れられて京都へ出ることになった。同志社へ入学するためである。はじめかれの同志社入学については父と母の強い反対があった。父と母は幼い健次郎を遠い京都へやることが心配であったのである。

これに対して、兄の猪一郎は次のように両親を説得している。

「とてもこの子は一本立ちは出来ぬという事を父母はいつておりましたからして、私が、それではこの子の世話は引受けます。御安心下さい。私が必ずこの子は引張つて行きますからどうぞ御安心下さい。」

（『蘇峰自伝』）

兄の猪一郎は父と母が見るように弟を見ていなかった。かれは弟が泣虫であり、弱虫であり、そのうえ、怒虫であることも十分知っていたが、その裏に隠されている異常な才能にも、また、気がついていたのである。この年の春、健次郎は、熊本で行なわれた連合競争に、クラスの代表として選ばれ、師範学校の大講堂で大勢の先生たちを前に堂々と『日本略史』の読み方と講義をし、その褒美《ほうび》としてかれは県知事から石盤をもらっていた。いつも泣いてばかりいる子どもがこうした成績を残したのである。兄の猪一郎は弟の健次郎を見なおし、自分の手で弟をりっぱな人間に導いてみようと思った。兄のことばには自然と熱が加わり、両親もそれ以上、反対はしなかった。

六月になって、十六歳の兄と十一歳の弟は希望に胸をはずませて仲よく熊本を出発した。ふたりは、百貫石から長崎へ出て、そこから船で瀬戸内海を渡り、兵庫からは陸路で京都に向かった。

京都同志社英語学校は明治八年(一八七五)十一月の創立である。創立者は教育者として名高い新島襄《にいじまじょう》であり、山本覚馬《やまもとかくま》、その他、米人宣教師がこれに協力した。彼の門下生には浮田和民《うきたかずたみ》、安部磯雄《あべいそお》、山室軍平《やまむろぐんぺい》、大《おお》西祝《にしはじめ》等がいる。

同志社大学の創立者
新島　襄

兄、猪一郎は明治九年(一八七六)、創立後一年の同志社へ入学した。そしてそのあくる年、健次郎は兄のすすめで同志社英語学校へ入学している。この入学について蘆花は『黒い眼と茶色の目』の中で、

「彼は聖書級第一の秀才と呼ばれた天崎さんに、二寮階下の教場で一度も読んだこともない万国史略で入学試験をさ

れ、天崎さんの眼鏡越しに光るとげとげしい肝癪声《かんしやく》に胆《きも》を消し、ドギマギして再三躓《つまず》いた。落第したら郷国へ帰されるのだ、と人に嚇《おどか》され名状し難い屈辱の感と天崎さんに対する無理《インジヤスティス》の憤慨にしやくり上げつつ、痘痕《あばた》顔の隠岐さんの膝に二時間も泣き伏した。」

と書いて田舎《いなか》の秀才も京都ではあまり通用しなかったことを述べている。ところが幸いにしてかれは同志社へ入学することができた。というのは同志社英語学校の初代校長新島襄が、かれのために特別の配慮をしたためであった。蘆花はその模様を、

「その翌日、郵便脚夫の持つ様なカバンを左の肩にかけた洋服の人に手招きせられ、三寮下の教場に跟《つ》いて往つて、これを読んで御覧と出された日本略史を、その洋服の人の黒い眼の温かい光に気を得て敬二（健次郎）は、すらすら読んだ。これで入学試験は済みました。勉強なさい、といわれて敬二は天へも上る気持になつた。洋服の人は、校長飯島（新島）先生であつた。」（『黒い眼と茶色の目』）

と書いてその喜びを伝えている。つまり一種の裏口入学であった。こうして健次郎は、校長の新島襄に拾われるようにして同志社へ入学を許された。

徳健さん

校長新島襄《にいじまじよう》の世話でどうにか同志社へ入学した健次郎は、仲間の生徒から「徳健さん」というニックネームをもらった。「徳健」とは徳富の「徳」と健次郎の「健」を合わせたものである。

徳健さんはなかなか、評判のいい生徒であった。入試では思わぬ醜態を見せたかれも、京都の水に慣れるにつれて、しだいに実力を発揮するようになり、綴書《スペリング》の級では常に上位を占めるようになった。校長の新島はこれを見て大いに喜んだ。彼は健次郎の入試に際して、いささか無理な方法をとって入学を許していたために、かれの成績が心配であったのである。

成績のよい健次郎は先生の自宅に招かれるようになった。そこでかれは、お菓子や牛蒡《ごぼう》飯のご馳走になり、休みの日には夫人に連れられて繁華街へ出かけるようになった。京極《きょうごく》の金魚亭で善哉《ぜんざい》を食べるのがその目的であった。

先生は書斎でよく健次郎に冒険の話を聞かせた。多くはかれがアメリカ留学で経験したものであった。しかし健次郎はとてもそのまねをするほどの勇気を持っていなかった。かれはあいかわらず泣虫、弱虫、怒虫であったからである。それで学校ではたいてい、泣かされていた。泣いて帰ると兄の猪一郎はきまってこの弱い弟に、

「殴《な》ぐられたら、男らしく殴ぐり返せ、それが男ぢや。」

と口ぐせのように教えた。しかしそのききめはいっこうにあらわれなかった。気の弱い健次郎はとても兄のいうようにはできなかったのである。

父と母の手もとから離れて暮らす健次郎は夜になると寂しかった。彼は寂しさをまぎらわすためにいつも、兄と話をしていたがった。しかしある日、兄は旅行から帰ってきた友だちを迎えて、健次郎の話相手が

できないことがあった。その時、弟の健次郎はすばやく二階から道路へ飛びだすと、兄のいる二階へめがけて力いっぱい石を投げつけた。蘆花は幼少のころより人一倍はげしい嫉妬《しっと》心の持ち主であった。

読書好き

幼少のころから日記をつけることが好きであった蘆花は、また、非常な読書家でもあった。暇さえあれば本を開きたがる少年で、その傾向は年をとるにつれて強くなっていった。

明治十一年(一八七八)、同志社へ入学した蘆花は、そこに『八犬伝』や「以呂波《いろは》文庫」が並んでいるのを見つけて心をわくわくさせた。かれはそれを手垢《てあか》のついた古い本から順に読みはじめた。

手垢のついた本は、それだけ人に愛読された本である。読書好きのかれはそこに目に見えない競争相手を見つけた。負けずぎらいの蘆花は棚に並んでいる本をかたっぱしから読みはじめた。

いつしか仲間のあいだでかれは「本の虫」ということになり、その面で一目置かれるようになった。そういった当時の蘆花の読書好きを物語るエピソードに次のようなものがある。

「『七一雑報』! なつかしい名である。この名を聞くと小生はたちまち、十二歳の少年になる。明治十二年の同志社に徳健さんと呼ばれて、今は熊のような髯男《ひげおとこ》、当時は小さな者だつた。

その年のある月、ある日、石けりをやつていた小生を誰やらが手招く。それは小崎弘道先輩の令弟継憲君である。小脇に大きな洋冊をかかえて第三寮の二階下の人無き教場に入つて往く。小生も跟《つ》いて往く。

継憲君はテーブルの上に大きな洋冊を披《ひら》いて椅子《いす》を引よせた。

『七一雑報』の綴込である。

その『七一雑報』の合本を披《ひら》いて継憲君は一の物語を読み出した。題は忘れた。翻訳物である。訳者は誰であつたか知らぬ。スペインのある貴族の兄妹が孤《みなしご》になつてはなれ〴〵に流浪し終《つい》に南米で不思議な邂逅《かいこう》をするという長物語であつた。

何でも一回に読み切れず、三回ばかり例の教場に往つて読んで貰つたと覚えている。継憲君が、何でわざわざ小生を呼んで聞かしたかは今以つて疑問である。

多分小説好きとその頃から思われていたのであろう。」

また、同じようなエピソードとしてかれは教師からひとりだけ教室に呼びだされ、特別に『西国立志篇』の講義を受けたという経験を長編小説『富士』で、

「十二歳の熊次（蘆花）は同志社で栗原さんから特に一人教場に呼ばれ西国立志篇の講義を聞かされたものだ。」

と書いている。

この二つのエピソードは、十二歳の蘆花が友だちからも教師からも、特別扱いされはじめたことを示している。

明治十三年(一八八〇)、同志社の二年生に進級した蘆花は、突然同志社を退いて郷里の熊本に帰ることになった。原因は兄の同志社中退にあった。

文学へのめざめ

この年、同志社は学校の都合で、一年生と二年生を一つの教室に入れて授業をおこなっていた。いわゆる合併授業である。合併授業は、いろいろな障害《しょうがい》を生徒たちにもたらし、この話を聞いた蘆花の兄猪一郎は仲間を集めた。かれは仲間を代表して学校の当局者に会い、不合理な授業を早く撤廃《てっぱい》させることを強く申し込んだ。この申し入れに対し、学校側はすでにこの件は決定済みの事項であるとして、生徒側の申し入れを受けつけなかった。怒ったのは生徒側である。かれらは機会あるごとに寮や下宿に集まり、学校側に反抗した。そして最悪の場合――再度の抗議が無視された場合――には、生徒が一致団結して退学するという強硬な同盟退学案を作成した。こうした声を聞きつけて、校長の新島襄は生徒を第三寮の教場へ集め、生徒の説得に乗りだした。

その説得は生徒たちの胸を打つ劇的なものであったという。前田河広一郎《まえだこうひろいちろう》の『蘆花伝』にはその模様が次のように記されている。

「礼拝の席上、新島先生は手に白木のステツキを持つて壇にあがつた。そして先生は今度の騒ぎがおこつたのも、つまりは自分の不徳のいたすところであるから、謝罪のために自分を窘《くるし》めます。といつてステツキでりゆうりゆうりゆうりゆうと三遍、手を撲つた。そのためにステツキは三つに折れた。生徒や先生たちの騒ぐあいだに先生は、

吉野山花咲く頃の朝な朝な
心にかかる峰の白雪

という古歌を口誦《くちずさ》んで、心配はしていたが意到らずしてこんなことになつたのを深く恥じると沈痛な告白をした。」

生徒たちは、この新島襄の誠意ある説得に感激した。かれらはすべてを校長の新島に一任することにして解散した。

こうした事態に気まずくなったのは生徒側の中心人物であった猪一郎である。

かれはこれまでのいきさつから、このまま学校にとどまることをいさぎよしとすることができなかった。かれは校長のとめるのもきかず、上京して新聞記者になることを決意し、同志社を去った。

この思わぬ事件によって、蘆花はしかたなく郷里の熊本に帰ることになったのである。郷里に帰った蘆花は毎日、本を読んでごろごろ暮らすようになった。軍談ものの『太平記』や『義経記《ぎけいき》』、『平家物語』がかれの友だちになった。

上京した兄からは何のたよりもなかった。しかし、弟の蘆花は活動的な兄が東京で何をしているのか想像できるような気がした。兄は同志社時代から『七一雑報』に投書したり、『大坂新報』に匿名《とくめい》評論を書いたりしていたからである。

蘆花はそれを思うと東京にいる兄がうらやましくなった。東京には福地源一郎《ふくちげんいちろう》がいるし、福沢諭吉、仮名《かな》

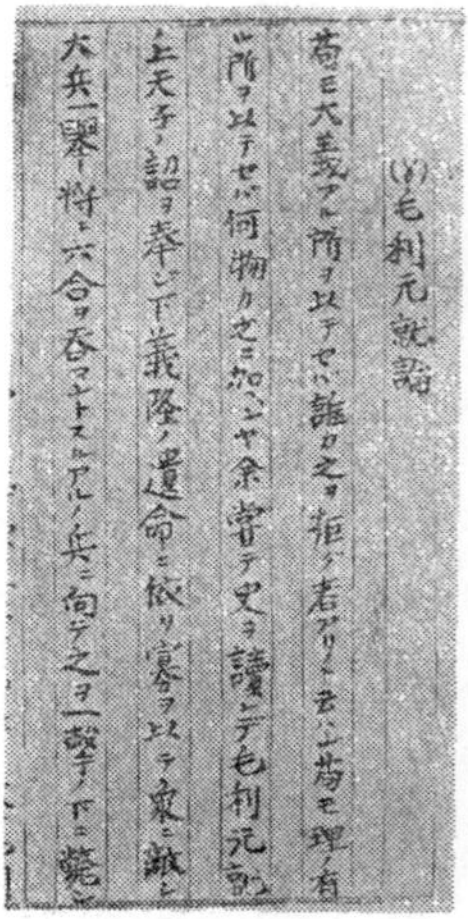

14歳の蘆花がつづった　毛利元就論

垣魯文《がきろぶん》といった有名人がたくさんいる。兄はそこで自由に動きまわっている。蘆花は兄に負けたくなかった。かれはひそかに文章を書きはじめた。

「彼は自分一人の世界をつくつて早くもその中に閉じ籠つた。その世界の中で彼は一人で感じ、一人で判断した。」（『富士』）

そしてそれに疲れると、彼は付近の田舎《いなか》道へ散歩に出かけた。外には家の中と違ったさわやかな風があり美しい夕日があった。

蘆花はまわりの山の緑をながめ、流れる小川を見ては深いため息をついた。『思出の記』で蘆花は主人公の故郷を、

「取出でていう程でもないが、今も忘れ難く思うのは、水の清《い》いのと稲の美しさである。」

と書いている。

明治十三年（一八八〇）十月、兄の猪一郎が東京から帰ってきて、蘆花の文章熱は、いっそう強いものになった。蘆花は当時を回想して、

「文章熱にかゝつて、日に何題も記事論説文を作つた。朝餉《げ》前に一題は作つた。其中《そのうち》不図《ふと》同志社存学中三寮下の教場で（小崎継憲に）読んでもらつた『七一雑報』の長物語を記憶から呼び起して綴つて見た。二十八

年を過ぎてまだ冒頭の幾句かを覚えている。笑い草に書いてみる。
『かすかに見ゆるは火の光、これぞこれ吾故郷の港の口の燈明台、うきのあら波、たつ田山、乗り越えつつも行く先は……』
馬琴《ばきん》育ちの下手小説家の卵は、右の通り、新体詩めいた声調に囚《とら》われた模擬剽竊《もぎひようせつ》の文字を並べて内々得意でいたものだ。右は紙がないから作文帳の裏に書いたもので完結したと覚えているが、後は如何《どう》なつたか、冒頭数句を形見にして永劫《えいごう》に消滅して了《しま》つた。然しながらこれが小生の小説家としての処女作であつた。」(『七一雑報』明治四十二年)
と書いている。

父への反抗　二年間の同志社生活から故郷に帰った蘆花は、物事に対してかなり批判的な子どもになっていた。かれは父を恐れなくなり、父が本を読む態度をとがめると、わざと横になって『今昔物語』や矢野龍渓《やのりゆうけい》の『経国美談』を読むようになった。そして、あげくのはてはぷいと横を向いてしまうのである。

当時の模様を蘆花は、

「十五・六の昔はあまりに父が見当違いを言うので、制馭論というものを書いて、人は斯うこそ馭すべきものとあべこべに父たる道を教えようとさえ思うたこともある。」(『富士』)

と書いて小さくない反抗心をのぞかせている。そしてこうしたかれの態度は父から兄へ拡大されていった。東京から兄が帰ってくるとかれはさっそく喧嘩《けんか》をはじめた。かれはもう、昔の喧嘩嫌いのかれではなかった。

「熊次（蘆花）が十六の夏であつた。父母の湯治《とうじ》留守に熊次は兄と喧嘩した。それは、熊次に理があつたが大江の姉と岩原の姉が、弟だからと謂《い》うて兄に謝罪させた。

一日、悶々《もんもん》した後、熊次は父の書斎の卓で己が決心を書いた。十一から十三までの同志社で知らされた『神』を此時《このとき》、真剣に呼んで『人』となる事を誓うた。それは誰れも知らなかつたが熊次はそれで好い気持であつた。」（『富士』）

この時の喧嘩が蘆花にはよほどくやしかったのだろう。かれは『みみずのたはこと』の中で次のように兄を書いている。

「近道をして、三里余も畑の畔《くろ》の草径《くさみち》を通つた。ずるい兄は蛇払《へびはらい》として彼（蘆花）に先道の役を命じた。其頃《そのころ》は蛇より兄が尚《なお》恐かつたので、恐《お》づ〳〵五・六歩先に立つた。」

こうした一連の父や兄に対するかれの反抗心は目にあまるものがあった。そのために蘆花は知り合いの養蚕家の家へあずけられることになった。この前後の事情は『蘆花伝』に詳しい。その著者、前田河広一郎《まえだこうひろいちろう》は蘆花の父の口を借りて次のように書いている。

「それに、健次郎は一体《いったい》何者だ？　わが子ながらも全く、得態《えたい》の知れぬ性格である。うつらうつらと終日ものを考えているかと思うと、いきなり火の玉のような癇癪《かんしゃく》を破裂させる。そうかと思うと、ぷいと表へ飛び出して、半日もどこかをうろついて帰ってくる。軍人にするには、活気がなし、学問には精を出さず。世間にこんな子供に当嵌《あては》まる職業といって何があろう？——要するにこれは恒心《こうしん》なきが故である。

『よし、健は、今のうちに俺が始末してやる。』

六十二の父親は、こうひそかに決心して危つかしい眼元で嚙《か》み合う兄弟を遠くから眺めるのである。」

蘆花のあずけられた家には十五歳の娘と十二歳になるむすこがいた。かれは養蚕の仕事がおもしろくなくなるとすぐに、十二歳のむすこをひっぱりだして将棋をはじめた。

かれにすれば桑の葉を採ったり、かわかしたり、蚕に葉をやったり、養蚕室の空気を入れかえたりする仕事はとても面倒でやりきれなかったのである。

将棋をさしている蘆花を見て、そこの娘が、

「あんたは、将棋ばかりさして、………」

とよく小言をいった。

しかしかれはそれに対していつも黙っていた。かれは内心、この小言をいう娘が好きであったのである。小説『富士』にはこの娘が、おさちさん、として次のように書かれている。

「蚕室の二階の縁で少年少女はよく頭打をして遊んだ。熊次はおさちさんの弟の頭を打ち、稀《まれ》に隣の頭を打つたが、おさちさんの中剃の痕の青い小さな銀杏《いちょう》返しの頭に一度も手を触れなかつた。………

夜は蚊帳《かや》をつつて、其中で燭《ひ》をともして框内《わくうち》の種紙に何十という蛾《が》の卵を生むを乱れ重ならぬように世話するのである。

暑い夜は団扇《うちわ》で蛾を扇《あお》いでいる。熊次が居るとおさちさんはもぢ〳〵して中中《なかなか》蚊帳に入らなかつた。母者が叱つて呼び入れた。入るには入つたが、おさちさんは過《あや》まつて燭台《しよくだい》を倒し、蚊帳の内は真暗になつた。母者が娘を叱る声を聞き〳〵熊次は息を屏《ひそ》めて居た。」

毎日、桑と蚕と娘をながめて暮らす蘆花は、自分の将来にまだはっきりした希望を持っていなかった。かれは本が好きでこの年までずいぶんたくさんの本を読み、兄にも対抗して短い文章をそれなりに書いてきたが、それはその場かぎりの情熱にすぎなかった。だから家を追放されて、桑をつむようになっても自分の境遇に悲観するようなことはなく、

「一体《いったい》、僕は、これからどうなるのだろう。」

といった哲学的な問いは、一度も頭に浮かべようとしなかった。

かれは桑の葉を養蚕室の蚕にやり、おさちさんの横顔を見ては、心をときめかせ、それで満足する十六歳の少年にすぎなかった。

かれはあいかわらず、弟をつかまえて将棋をさしていた。しかしこうした蘆花の境遇を見て真剣に心配してくれる人があった。

それは、かれの叔父、文学好きの徳永昌龍《とくながまさたつ》であった。

かれの子ども徳永正《とくながただし》によれば、

「私の父は、非常に健次郎さんが好きでした。……で大事なお父さんも健次郎さんが、後年あれだけの文豪になれるという事は或は御承知なかつたかも知れません。あれは私の父が見出したもので、私の兄もその時分、布哇《ハワイ》から種を取りよせて甘蔗をやつて居りましたが、健次郎さんも蚕を飼つたりして居られましたが、その時分に一寸《ちょつと》書いたものがあつて、それを見ると却々《なかなか》偉い文章を書いている。之《これ》を見て、一敬翁(蘆花の父)が健次郎さんを凡人の様に思つているが却々《なかなか》、凡人ではない。之は早速忠告しなければ不可《いけ》んというので一敬翁に健次郎さんを只の子供と思つて居るのは間違いで、偉い文章家だ、もう少し学問させたらどうかという事を言つたのであります。」(「蘆花を語る座談会」)

こうして蘆花は危く養蚕家にされるところを叔父によって救われ、家に連れもどされた。父は叔父昌龍の意見に従って、兄の大江義塾にかれを入門させた。

しかし蘆花は、この叔父と父の処置に、それほど、喜ぶような様子を見せなかった。かれは、正直なところ、おさちさんに会えなくなったのが不満だったのである。

兄の結婚

蘆花が十六歳の時、兄の猪一郎は二十一歳で徳富家の財産を相続して、翌年、倉園ツルと結婚した。蘆花が十七歳の時である。この結婚は、当時キリスト教に心酔して日曜ごとに、母の久子について教会に通っていた蘆花に少なくない影響をもたらした。

かれは兄夫婦に対して嫌悪《けんお》と軽蔑の気持ちをいだくようになり、兄の猪一郎を性欲に堕落したなさけない人間としてながめるようになった。

おもしろくないのは兄である。蘆花はすぐさま兄から手厳《てきび》しい一撃をくらった。家からの追い出しである。

『黒い眼と茶色の目』にはその模様が、

「危険年齢の生白い顔をしていつまでも両親の傍にくっついているのが気障《きざ》だったのか嫂《あによめ》が来てからというものは、兄が敬二（蘆花）を眼の敵《かたき》にして、少し気に入らぬ事があれば、直ぐ打つ、踏む、蹴《け》る、散々《さんざん》な目にあわして、早く出て往けがしに扱うを、二年前に六十二で隠居した父が見かねて、母と相談して敬二を従兄《いとこ》に当る耶蘇教の牧師に托する事にした。」

と書かれている。

この従兄《いとこ》の耶蘇教の牧師というのは、愛媛県今治《いまばり》で宣教師をしていた伊勢時雄のことで、蘆花は九州から四国の今治へ追放されたのである。

父は出発に先だって蘆花に、正しい心を失わないこと。キリスト教に熱心なあまり、他の宗教をばかにしないこと。

それに、これからやっかいになる伊勢家は大勢の家族であるから、あまり迷惑をかけないこと等々、こまごまとした注意を与え、月々五十銭の送金をかれに約束した。

玄関に立つと、奥から兄の猪一郎が『Person of Christ』やその他いろいろな本を持って出てきた。お前にやるというのであった。

蘆花はそれらの本を大きな袋の中に押し込んだ。その袋の中には、かれがこの年まで、『太平記』、『今昔物語』、『八犬伝』、『経国美談』、『フランス革命自由の凱歌』等から、名文として書き集めたノートが四・五冊、たいせつに入れてあった。

かれはそれを背負うと家を出た。

「よし、俺れだつてきつと立派な文学者になつてみせる。」

今治の生活

今治《いまばり》は瀬戸内海の海岸にある。渚《なぎさ》は白く、松林が続き、海には小船が木の葉のように浮かぶ静かな港町である。蘆花が九州から今治に出発したのは、ぼつぼつ、桜のつぼみがほころびようとする春の季節であった。

かれは以前、同志社時代の夏休みに、この今治の教会を一度、訪れたことがあった。しかし、それは六年前の話で、教会はそのあいだに大きく変わっていた。

教会では、日・水・金曜ごとに鐘《かね》が鳴る。アメリカからわざわざ伝道地に送られてきた鐘で、蘆花はその鐘の音を聞くたびに、キリスト教の信者としてのしあわせを感じるようになった。教会の主人、伊勢時雄は、温厚で、背が高く、気品に満ちた人物であった。彼は蘆花を暖かく迎え入れ、キリストが何であるかを、熱心に説いた。

蘆花はいっている。

「今治へ行った当座は、静謐《せいひつ》な環境に恵まれ、愛の使徒、ヨハネの教名をなのる時雄さんは私を弟のように可愛がってくれた。」

今治の教会には、蘆花より二つ三つ年上の曽我部四郎という書生がいた。賛美歌を歌うのがじょうずで、信者に対する

蘆花が身を寄せた
今治教会

説教もうまく、人望の厚い青年であった。蘆花はこの青年とすぐに仲よくなり、キリストの愛や、イエスの復活や、伝道師としての自分たちの使命について日夜、討論を重ね、自分たちが何を、どのようにしなければならないかを、真剣に考えた。

このころの経験が、蘆花の最高傑作といわれる長編小説『思出の記』に次のように書かれている。

「僕の職務は二様、信徒の奨励と未信者の誘導である。……僕は牧師の指図によつて、一々信徒の家を訪問した。

金満家の信者を訪うては、『富める者の天国に入るは如何に難いかな』という聖書の文句を引いて大いに慈善を勧めた。……僕は思つた。僕があの身代の主人なら、生活費だけを残して、余は盡《ことごと》く施してしまうと。……」

ここには、熱心なキリスト教信者であった当時の蘆花の若い心があふれている。蘆花は、金持ちの信者が、慈善のための寄金を、出し渋るのをおもしろく思わなかった。

かれは、ひとりで町はずれにある貧民街へ出かけていくと、そこで持っていたお金を全部はたいて、米と鰯《いわし》を買った。金持ちに対する腹いせであった。かれは米と鰯を配りながら、かれらを教会へ来るように誘った。

「次の日曜日に、彼等は果《はた》してどや〳〵と会堂に入つてきた。僕は恥《はずか》しがる彼等を引張《ひっぱ》つて会堂の上座に坐らせた。信徒の中には目を側立《そばだ》つる者、憤《いきどお》りを含む者、微哂《あざ》む者、息を掩《おお》う者、実に千種万様であつた。

中には『伝道々々といつてそう無闇《むやみ》な事をせられちや困る。』と唸《ささ》やく声も僕の耳に入つた。併《しか》しながら信徒の苦情も、長くは続かない。僕の弟子等は、此《この》一回を限りとして最早《もはや》来なかつた。」

（『思出の記』）

宣教に熱心なあまり蘆花はこんな笑えない失敗をしたのである。

今治へ来てから三カ月ほどたった六月のある日、蘆花の耳に兄のうわさが伝わってきた。それは兄の猪一郎が『第十九世紀日本の青年及基督教育』と題する本を刊行して、大きな評判をとっているといううわさであった。これを聞いてかれはびっくりした。そして急にキリスト教に対する情熱を失いだした。

蘆花はその前後の心境を、曽我部四郎著『もう三千弗《ドル》』の序で、次のように書いている。

「私の今治生活は、追々荒《すさ》んで来た。教会がつまらなくなり、寛大な伊勢さんより、さんざん私をいぢめた兄がなつかしくなり、曽我部君に対し、兄と、兄の大江義塾を無闇《むやみ》にほめ立てたのである。私共は、唯『非凡』にあこがれていた。」

ふたりは腹がすくと教会をとびだして買い食いをするようになり、信用を抵当にして、一斤五銭もする牛肉を四百五十匁も買い込むようになった。そしてふたりはある時など、桃を二十も一度に食べたという。

七月にはいると熊本の家からたよりがあった。かれはそれで、祖父の太善次美信が八十八歳で亡くなったことを知った。

八月には杉堂の伯父、矢島直方が死んだ。蘆花は自分の周辺が急にあわただしくなってきたのを感じた。それが十月になると、姉の初子の結婚となり、いよいよ蘆花も今治《いまばり》の生活がいやになってきた。姉の初子は、家庭を東京に持つらしく、上京の途中だといって、わざわざ今治の蘆花のところへやってきた。蘆花は姉と多くを語らなかったが、兄の猪一郎がしきりに東京へ出たがっていることを聞かされた。

「猪一郎は、東京で一旗あげたいというとる。」

蘆花はそういう姉の顔を見ながら、ひとり自分がおきざりにされてゆくような気持ちを持った。

しかし、蘆花の今治での生活は、その後、それほど長く続かなかった。

明治十九年の夏、伊勢時雄が同志社神学部の教授として迎えられたためであった。一家は今治を後に京都へ向かった。十日ほどして手紙が届いた。それにはすぐ京都に上るよう、時雄のことばが書かれてあった。

遭難

初恋

京都に出た蘆花は三カ月ばかりのあいだ伊勢時雄の世話になり、九月になると同志社の寄宿舎へはいった。かれは六年ぶりに同志社へ復学したのである。

かれは三年級にはいり、そこで今治時代から写真でその存在にうすうす気がついていた山本覚馬《かくま》の娘、久《ひさ》栄《え》(新島襄の姪《めい》)を知った。

久栄は明るい性格の娘で、蘆花に対して何のこだわりもなく話のできる女性であった。かれは、ものおじしない久栄をりっぱに思い、心をひかれた。

しかし、久栄の評判は、かれの想いとは逆にすこぶる悪いものであった。人々は、彼女のことを、恐ろしい女だ、といい、口々にそのお転婆《てんば》振りをささやいた。それに対して蘆花は「久栄さんが明る過ぎるんだ」という言葉で自分を慰めていた。そしてかれは勉強中に「久栄、呉れ遣《や》らぬ」とノートの端に書くようになった。

かれの耳には、早口の久栄の言葉が聞こえていた。「健次郎さん、健次郎さん」それは少し乱暴なところもあったが、いかにも明るく久栄らしい声であった。かれは真剣に久栄との結婚を考えはじめた。

山本久栄は、同志社創立に功のあった山本覚馬の次女で、久栄の母はもと芸妓であった。久栄のことを人人が「好色《すき》そげな風をしてござる」とはやすのも、多くはこんな母親の影響があった。

しかし、この母親は、久栄が十四歳の時、山本家が将来、久栄の婿養子《むこようし》にするつもりで同居をゆるした望月與三郎と問題を起こし、かの女が十五歳になると、山本家を追放された。久栄はこうした家庭の子であった。


蘆花の久栄への愛情をいちばんはじめに気がついたのは伊勢時雄である。かれはことのなりゆきを心配して蘆花に注意をするようになった。かれは徳富家から蘆花をあずかっている責任上、どうしても蘆花の恋愛に干渉しなければならなかったのである。伊勢時雄は蘆花にいった。

「久栄は家庭の複雑な家の娘である。それに問題も多い。（久栄には、木村武松という少年との間にもとかくのうわさがあった。）あんたは、だまされている。目を開いて勉強しなければいかん。私の立場も考えてくれ、あんたは、もう子供ではないんだから。」

蘆花は時雄の強引な説得で久栄とのあいだを切らされた。蘆花は、その後、久栄と会わなかった。会えばどんなに叱られるかわからなかったからである。

かれは、この時期に生活を一新させたく思った。久栄に会えない京都は何の意味もなかったからである。かれは熊本の家に手紙を書いて上京の許可を求めた。折り返し、家からたよりがあって、それには、「卒業まで断じて同志社を動くべからず」という文章が書かれてあった。

かれは何をしていいのかわからなくなった。好きな読書にも熱がはいらず、そして気がつくと必ず久栄の笑顔が活字の上に浮かんでいた。

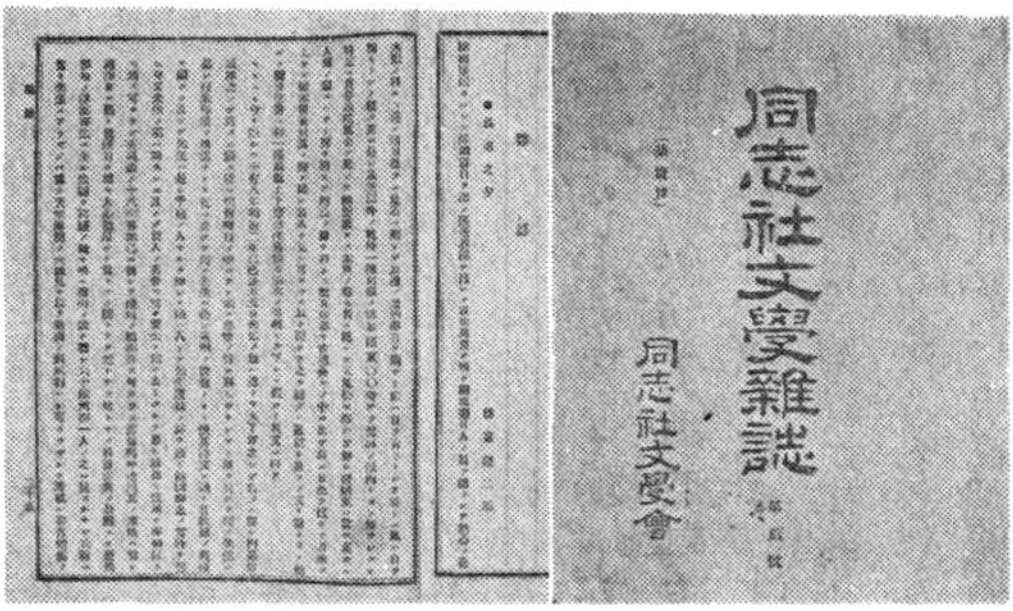

同志社文学雑誌の表紙とこれに掲載された「孤墳之夕」

五月になると、『同志社文学』にかれの書いた、「孤墳之夕」が掲載された。

それは美しい調べに満ちた短い文章であった。学生たちは、自分たちの仲間のなかに、こうしたりっぱな文章を書く学生を見つけて驚いた。

かれの文名は学校中に知られるようになり、恋人の久栄は、その雑誌を得意になって、自分の友だちに紹介した。

こうして蘆花と久栄の仲は復活した。ふたりは、他人の目を恐れながらも、京都の寺々で逢瀬《おうせ》を重ね、親密の度をいっそう深いものにしていった。

しかし、先の事件以来、すっかり神経質になっていた伊勢時雄はふたりのあいだに気がつかないはずはなく、夏休みになるのを待って蘆花の追い出しにかかった。

蘆花はしかたなく東京へ出た。そして久栄に手紙を書いた。

久栄からは、わざわざ父の手跡で手紙がとどき、その中には、かの女の写真が同封されていた。写真の裏には、「わが最愛の良人へ、久栄より、一八八七年七月二十一日」と書いてあった。蘆花はふたたび、久栄との結婚を頭に描きはじめた。

破　局

蘆花が、伊勢時雄の追い出しで上京した時、兄の猪一郎は『将来之日本』で評判をとり、徳富一家は赤坂霊南坂《れいなんざか》の霊南坂教会の裏に熊本から移り住んでいた。

売り出し中の兄は、めったに家には帰らないで、当時『国民之友』の出版部であった民友社の湯浅家に泊まりこんで働くことが多かった。そのころの民友社はほとんど社員がおらず、社長の猪一郎が、ひとりできりまわすといった会社であった。

湯浅家の夫人初子(蘆花の姉)は、次のようにいっている。

「創《はじ》めた時は、猪一郎が二十五歳で、湯浅が三十八歳でした。

あの当時は、雑誌が出来上ると、夜中でも二人して車に積み上げ湯浅が曳《ひ》けば、猪一郎が押《お》すといった風で、二人とも汗みどろになつて働きました。」

忙しい兄は、客、手紙、原稿に忙殺されて、弟の蘆花にかまわなかった。

蘆花はせっせと久栄に手紙を書いた。それが、京都から伝道の都合で上京してきた伊勢時雄に見つかり、蘆花は、民友社の二階へ呼びつけられた。

兄と姉が、恐ろしい眼をして、蘆花の前にすわった。

「話は、みんな、伊勢さんから聞いた。どうするつもりなのか。」

兄がいった。

蘆花は久栄を失いたくなかった。かれは気をきかしたつもりで、

「久栄さんとこには財産もあり、それでいろいろ好都合だから……。」

と、あとを濁した。兄にこれだけいえば理解してもらえるととっさに思ったのである。

かれとしてはずいぶん思いきったことばであった。しかし、兄は笑って、

「こりや驚いた。人は二男、三男に生まれたが仕合せといつて腕一本でいこうというのに、お前のように、養家の財産が目的というのは驚いた。

しかし、世間というのは、たいていそういうものだがナ。」

横から姉がことばを添えた。

「娘の時代には、青年は皆よく見えるものだよ。

しかし、一緒になると中々、そうはいかない。わたしは、久栄さんは知らないが、私の知つているお峯さんなんか、中々わがまま者でね、第一京都の女というのはどうも……。」

蘆花はよってたかって自分の運命がここでねじ曲げられるのを感じた。しかし、かれはとうとうその場で久栄と手を切ることを約束した。そうするよりほか、兄と姉が承知しなかったのである。

夏休みが終わって蘆花が、同志社に帰る日がやってきた。母は玄関に立ったかれに、

「どうか、お前が悪魔に打ちかつように。」

と、哀願するような声でいった。

かれは東京駅に向かいながら久栄のことを想った。久栄はほんとうに悪い娘《こ》なのだろうか。薄いくちびる、明るい瞳が空に浮かんだ。

「好きそげな風をしてござる。」

仲間たちはそう蘆花に彼女のことをいった。

「あの久栄という女は、よくない女です。」

新島先生もそういった。かれにはもう何もわからなかった。

逃亡

京都同志社へ帰った蘆花は、だれの顔も見たくなかった。かれは自分の顔が醜くゆがんで見えるのを感じたのである。かれは裏切者であった。

先に従兄《いとこ》の伊勢時雄を偽り、そして今度は恋人の久栄を裏切った。今さらどうしようもないと思うものの、何かくやしさだけが心に溜《たま》った。

かれは人のいない時を選んで遺書を書いた。自分の人生はもう自分の手に負えない、ここで自分がジタバタすることはそれだけ、自分を醜くするように思われる。遺書は、一つ一つ書かれていった。兄へ、父へ、

新島先生へ。

　そして、それらができあがった暮れの十二月二十六日、かれはかねてから所持品を売り払って用意していた金と、東京から送られてきた金、四円五十銭を持って京都を飛び出した。その日から二ヵ月間、蘆花の行くえはだれにもわかっていない。

　かれは東京へ行くといって、四人の学友に見送られながら、実は大阪から、反対行きの汽車に乗っていたのである。

　ただ、『黒い眼と茶色の目』には、その後のかれの足どりと思われる次のような個所が見える。

「京都を飛び出した二十歳の彼は、大阪で最初の慎《つつし》みを破り、福岡・熊本・水俣《みなまた》と詐《いつわ》りの旅をつゞけて、二夜流連《いつづけ》した雪の大口《おおくち》を馬で立つて横川で牛鍋の午食《ひるしょく》を食い、明治二十年の大晦日《おおみそか》の満月が今しも大隅《おおすみ》の山を出る頃《ころ》、加治木《かじき》から汽船で鹿児島に往つた。」

　この個所によれば、蘆花はひたすら鹿児島に向けてひとり暴走の旅を続けていったものと思われる。鹿児島に何が待っているのか、それは蘆花にもわからなかっただろう。ただかれの心は地の果てまで行きつかなければすまなかったのである。

　かれは明治二十一年(一八八八)二月、九州熊本の藤崎八幡の境内で、竹崎順子とその孫の八十雄に偶然、発見された。

　昭和十一年(一九三六)六月、「蘆花を語る座談会」で八十雄は次のように述べている。

「明治二十一年に藤崎八幡のあの垣根の南天の実の赤らんでいるときですから、春も早い頃と思いますが……。

健次郎さんが八幡の境内をぶらぶらして居られました。その時のお姿はあまりはつきりしませんが唯一つ記憶しているのは草色がかつたチョツキと思いますな、……妙なシャツもあるものだと考えましたが、それを着て居られました。

お祖母さんが、『健次郎さんぢやなか？』といつて不破さんのところへ連れて行き、そこで、どんな話をされましたか私にはわかりませんが、多分、不破さんと一緒に遊びにでも出たのでしよう。

それから高野（竹崎家のある土地）に行かれるようになりました。」

こうして蘆花は徳富一家が心配するうちに、二カ月ぶりにその姿を世間にあらわした。蘆花を救いだした竹崎順子は、かれの伯母《おば》にあたる人でなかなかの人物であった。蘆花は後年、この伯母のために『竹崎順子』を書き、その中でこの伯母を次のように書いている。

「順子が洗礼を受けると、まもなく、早速、彼女の試みが来ました。甥《おい》の徳富健次郎が失恋の揚句《あげく》に、京都を飛び出し、熊本に来て皆を欺《あざむ》き、更に逃げだし、散々《さんざん》に馬鹿《ばか》を尽《つく》した鹿児島から連れ帰られて不名誉の熊本入りをしました。

夏帰省した士平から、順子は京都の始末《しまつ》を聞いて居ました。自家の不良児士平に心を痛めた順子は、今また妹の家の斯《この》不良児に心を痛めました。悪をにくみ、偽をにくむ順子は『いためる葦《あし》を折らぬ』人であります。

『何の好《よ》か〱』と悄気《しよげ》切つた甥《おい》を慰め励ましました。」

そして当時蘆花がどんな気持ちで故郷の山々を見、海をながめながら、あちらこちらへさまよっていたかは蘆花自身の筆による『富士』の次のような文章で推察するのがいちばんよい。

「熊次（蘆花）が鹿児島放浪中、叔父（昌龍）の意を受けて迎へに来てくれたはNさんであつた。不面目の帰りを慙《は》じて熊次はドウでもなれという気分になつた。国境の峠で馬を下りて歩く内、熊次はずん〱路の無い山に入つた。Nさんが追かけて来て、袖引とめ、

『路がわかりにくうござりますけん。』

と元の路に誘つた。

その篤実なNさんを此上《このうえ》迷惑さす事は、やけた熊次にもできなかつた。熊次はまた馬に上つて、ぽつり、ぽつり郷里の方へ下つた。」

英語教師　藤崎八幡の境内で奇跡的に竹崎伯母に発見され救いだされた蘆花は、熊本でひたすら生活の一新を計った。

かれは二カ月にもおよんださすらいの旅が、予想もしない結果に終わったことをひどく気にしていた。し

かし、結局、現在生きている自分を否定することはできずに、かれは自分と竹崎伯母との出会いをたいせつにすることによって、そこからもう一度生きてみようと思ったのである。

かれは叔父の昌龍が就職をすすめると、喜んでその意に従い、当時熊本市の立町にあった熊本英語学校に就職した。英語教師で月給は七円であった。

教師になった蘆花は熱を入れて勉強に励んだ。この時書かれたのが、感想録「はわき溜」と「有礼意《うれい》」である。この感想録二編は熊本英語学校の回覧雑誌『文海思藻《ぶんかいしそう》』に発表されたもので、当時かれの生徒であった福田令寿は「蘆花を語る座談会」で次のように述べている。

「当時は、先生ということばは人物崇拝にあたるからというので、学校では先生といわずに、健次郎さんと申上げて、親しく呼びかけておりました。やがて教えていただいて、健次郎さんの英語の力には全く感服しましたが、まだ先生が非常な文章家だということを知らなかつたものです。

学校では筆写の回覧雑誌を出して毎月一回生徒の文章を載せておりましたがそれに健次郎さんの御寄稿を願つたことがあります。その時、お書きになつたものは全集にも出ている『はわき溜』で当時それを拝見しまして、私共は実に偉い文章家だと感心してしまつたのでありました。」

蘆花はこの二編の作品「はわき溜」と「有礼意」で「蘆花逸生」のペンネームをはじめて使った。かれはこの名で再生への気構えを示したのである。かれはわざわざ町へ出かけてゆき、十五銭を出して「蘆花逸生」の印もつくっている。

かれはこの時期、読書にも熱心であった。月末になると学校からもらう七円の月給をあてに長崎書林へ出かけ、そこで高価な洋書をてあたりしだいに買い込んだ。

かれがそのころよく読んだ本の中には、洋書のほかに『貞丈雑記』、『呉竹集』、『諸葛丞相《しょかつじょうしょう》集』、『妖怪《ようかい》府』、『古今肥後見分雑誌』、『徒然草』、『東照宮百箇条御遺条』、『三国志』、『唐宋名家詩文』等といったものがあり、かれはそれらの中から、これはと思う文章を選んでノートに抜き書きし、できあがったノートに「たからの庫」とか「にしきのつづれ」といった名前をつけて楽しむようになった。

こうして蘆花は死の淵からしだいに明るい健康な社会人へ、希望に満ちた教師になっていった。

七月十四日、かれが二ヵ月の逃走後、はじめて父兄にあてた東京へのたよりには、春以来の非礼が深くわびられ、そして現在の自分の心境を「この上なく、実に仕合《しあわ》せ」といい、「私一身の費用は私一身にて弁じ中候」と書き送っている。

こうした明るい一面は、蘆花の次のような姿からもうかがわれる。

「その次に、私共は先生の弁説に動かされたのであります。大きな声ではないが、ああいう天才でありますから組立が非常に面白い。また言葉使いが面白い。一週一回ぐらい先生が朝の三十分以内の朝礼のときにお話になるのですが、それが非常に面白かつたのです。

当時の話で今も記憶しているのは、ミルトンが天文学者のガリレオに面会した時の話とか、旧約聖書のイスラエル軍がエジプトから紅海を渡つて逃げる。これを追うエジプト軍が紅海に入ると、潮が襲来して足が浸る。股まで深くなる。とうとうエジプト軍は溺れてしまつた。——というような話をまるで手に取るようにお話になりました。」

そして竹崎伯母の孫八十雄も「今朝は健次郎さんぞ」といって蘆花の話を聞きにいったことを述べている。

このことは蘆花がいかに自己の生存を喜び、いかに充実した生活を過ごしていたかを物語っている。なぜなら蘆花という人はこの話にあるような人ではなかった。かれはむしろその反対に（ある一時期を除けば）人生を、深海に生息する貝のように黙々と生きた人であったからである。

民友社の猫

両親の許しと、兄の意見で蘆花は明治二十二年(一八八九)五月、九州からはるばる上京してきた。そして京橋の滝山町八番地に下宿した。兄の経営する民友社で働くためである。

民友社はかれの下宿から遠くない日吉町の四番地にあった。

かれが出社すると社長の兄がわざわざ二階の編集室にやってきて、かれに社員を紹介した。この人が人見君、あの隅にいる人が久保田画伯……。しかしかれは兄のことばを聞いていなかった。以前に比べると大きくなったものの、編集室とは名ばかりで、上京の際かれが汽車の中で想像していたのと大きく違っていたためである。編集室には大きなテーブルと硯箱《すずり》があるだけで他に何もなかった。かれは兄のいいつけで、その室の西向きの窓の下に坐らされた。そこは編集室でもいちばんよくない場所であった。壁がくぼんでいて、そのそばに古新聞が山のように積まれていた。
蘆花が最初に与えられた仕事は洋書の翻訳であった。当時多くの雑誌はそのスペースの大半を西欧文化の紹介と普及に費やしていて、民友社の雑誌『国民之友』もその例外ではなかった。蘆花は兄の命令で、西洋の人物を紹介する欄を受け持つことになった。かれは兄が持ってくる資料を材料に、かれ一流の凝った文章で、まず「ジョンブライト伝」を『国民之友』に紹介した。

紹介された「ブライト伝」はまずまずのできであった。社長の兄は掲載された蘆花の文章を読み、予想外にできる弟の才能に驚いた。そして蘆花にかなりの文才があることを知り、ある夜、わざわざ万代軒の文学会例会につれていった。万代軒は万世橋の近くにある。蘆花の兄はその文学会例会の幹事をしていたのである。

蘆花はそこで、当時文学の第一線に立っていた坪内《つぼうち》逍遙《しょうよう》・依田《よだ》学海《がっかい》・矢野龍溪・大石磯堂・饗庭《あえば》篁村《こうそん》・山田《やまだ》美妙《びみょう》等に紹介された。

民友社時代の蘆花
(前列右からふたりめが蘆花，ひとりおいて足を組んでいるのが宮崎湖処子，中列まん中が兄の蘇峰)

兄は弟を次のように紹介したという。

「矢野先生、これが今度、郷里から出て参りました弟でございます。

文学を志しとりますが、よろしく御引立てを願います。」

しかし、だれひとり蘆花に注意を示す者はいなかった。

かれは民友社にもどると、ふたたび精力的に翻訳の仕事をはじめた。『リチャードコブデン』「モルトケ将軍」『グラッドストン伝』がそれである。そしてこれらは「モルトケ将軍」を除いて、いずれも完結すると民友社から出版された。蘆花はこの出版によって兄から『ジョンブライト伝』の場合には二十円、『リチャードコブデン』の場合には三十円、『グラッドストン伝』では五十円といった稿料をそれぞれ受け取った。

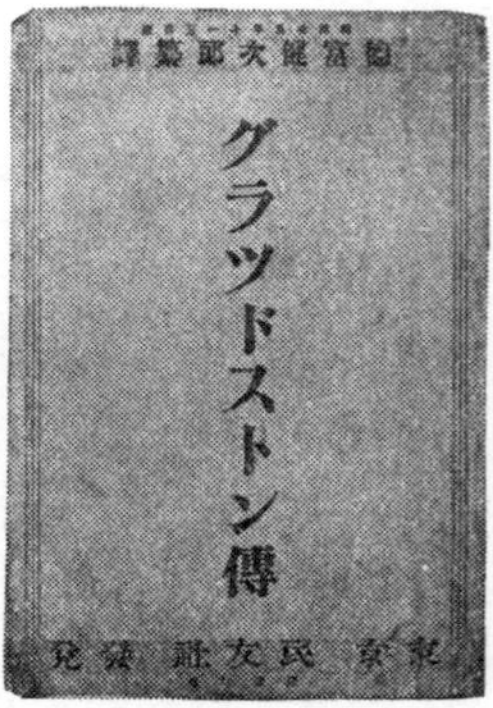

蘆花の訳した『グラッドストン伝』

しかし蘆花はこうした翻訳物の仕事を喜ばなかった。かれは、兄の蘇峰が文学会の例会で矢野龍溪に紹介したように文学を志していたからである。

蘆花は『日本から日本へ』で当時の心境を次のように述べている。

「明治二十二年の五月に上京して、九月に『ジョンブライト伝』を兄の民友社から出版した。私の嗜好《しこう》は最初から文芸にあり、私の力は宗教にあつたので、政治には大した興味をもたなかつた。『John Bright』なんか私には何でもなかつた。『ジョンブライト伝』は其頃《そのころ》 Manchester School のコブデン・ブライトなどに共鳴していた兄が私の筆を使つて書いたものである。材料から校閲、序文から広告まで皆兄の手に成つて、私は唯漫然《ただまんぜん》と聞き、漫然として書いたまでである。二十三の春に出した『リチャードコブデン』も二十五の秋に出した『グラッドストン伝』も似たようなものだ。」

かれは毎日、文学を想い、意に染まない翻訳の仕事を続けながらそれでもひたすら創作に没頭した。その苦悩は、かれが当時書いた「水郷の夢」や「十二月物語」や「幽霊姥」がしばしば中断したり、中止のやむなきに至った事情からも明らかである。しかしこうしたかれの努力も、社長の兄には認められなかった。兄は完結しない創作をにがにがしく思っていたのである。

またかれの同僚たちも、かけだしのかれが創作を載せようとするのを快く思わなかった。蘆花はいつしか黙り勝ちになり、社員から「猫」と呼ばれるようになった。兄はそんな弟を、

「卿《ぬし》がように苦虫ば嚙みつぶしたごつしとると他人《ひと》が好かんぞ。」

と大声で叱るのであった。

春夢の記

「春夢《しゅんむ》の記」は民友社時代における青年蘆花の苦悩をそのまま象徴する作品である。この作品は明治二十五年(一八九二)に書かれたが、かれは人知れずひそかにこの作品を書いたとい

う。ひそかにというのは、この作品の内容が、そのころ、かれにとってタブーであった恋人、久栄をその内容としていたからである。

かれは家人の目を盗み、兄を恐れながらこの作品を書いた。書かなければ、久栄を忘れることができなかったからである。

できあがった作品は、原稿用紙三百枚にも達し、蘆花はそれを「春夢の記」と名づけて木綿糸《もめん》でしっかり綴じた。

二、三日後、かれは「春夢の記」をとりだして、それを静かに読んでみた。発表できるかどうか最後の断を下そうと思ったのである。読了後、かれは思った。とても発表できる作品ではない。もし発表したら兄をはじめ徳富一家ばかりでなく、新島先生それに夫人、伊勢時雄さん等にとんでもない迷惑がかかってしまう。そしておそらく、自分も久栄も立ち直ることができなくなるであろうと。

かれは「春夢の記」を完成しながら発表することを断念した。そして他人の目に触れないように用心して行李《こうり》の底にしまった。

しかしかれは久栄を忘れられなかった。かれは「春夢の記」の代わりに、その年八月、『国民新聞』に「夏の夜がたり」を発表した。「夏の夜がたり」は、若い伝道師、松井正夫と恋人、きみ子の淡い恋を描いたもので、明らかに正夫はかれ自身を、きみ子は、久栄をモデルにしたものであった。ただこの作品では、主人公の正夫(蘆花)がその結末において、品川沖に身を沈めてしまうその点だけが事実と違っていた。かれは発表するために「春夢の記」のように真実をそのまま書くことはできなかったのである。こうして蘆花は、久栄との仲をまがりなりにも「夏の夜がたり」という形で、『国民新聞』に発表することができた。

　そしてそれから一年後、明治二十六年(一八九三)七月二十二日、兄の家の留守をあずかっていた蘆花のところへ、一枚の黒枠《わく》の葉書が送られてきた。それには七月二十日、午前十一時三十一分、久栄が病気のために死亡したことが書かれてあった。

　葬儀は京都河原町天主公会堂において執行され、彼女は若王寺山に埋葬された。かれの生命《いのち》を賭《か》けて愛した恋人、山本久栄はこうしてこの世を去ったのである。

青年時代の　蘆花

　その夜、蘆花は一睡もしなかったという。かれはまんじりともしない夜を過ごすと、翌朝早く床を起きだし、例の行李《こうり》の底から「春夢の記」を取りだすと、その裏表紙に「此等《これら》の事の終は是なり」と書き、その下に死亡通知の文句をそのまま写し取った。

　七月二十九日、『国民新聞』に蘆花の名で「百合の花」という随筆が出た。それには、

　「咲きて誇らず散りて恨まず、清く世を過ぎて永遠の春に入る。是れ清き天女の面影、是れ白百合《しらゆり》の神にあらずや……。」

と書かれていた。

かれは久栄の死を白百合の神にたとえ、彼女の死を手向けたのである。

その後、かれの行李の底にしまわれた「春夢の記」はそのまま発表されなかった。「春夢の記」は、蘆花自身の手によって後年火中に投ぜられてしまったからである。

それには、

「醜／醜／醜／　好事の者に寄語《きご》す。糞壷を覗くをやめよ。」

と書いてあったという。

結婚　蘆花が『国民新聞』に「夏の夜がたり」を発表した明治二十五年の秋、かれに結婚問題が起きた。

相手は、かれと同じ九州出身の娘、原田愛子であった。愛子は熊本県菊池《きくち》郡隈府《わいふ》(現在の菊池市)の名家、原田家の末娘で、そのころは東京のお茶の水の女高師に在学する学生であった。

原田愛子とかれの結婚話はまず蘆花の父兄から原田家にもたらされた。蘆花の両親は日ごろから、かれの結婚について気をもんでおり、常々、かれのことを心配していた。それは蘆花がとかく徳富家において問題を起こしがちな子どもであり、実際、この年まで少なからぬ問題を起こしてきたからであった。人々はかれのことを次のように見ていた。

「徳富一家の弱点は蘆花である。こいつは情がもろくて、惚れっぽく捻《ねじ》くれもので、敲《たた》いても殴《な》ぐつても、かへつてそのあとが危ない。奴《やつ》の背後には悪魔が控えている。一度、それに触れでもしたら、恐しいものが飛びだす。蘇峰も、淇水先生も『国民之友』も、『国民新聞』も、そうなつたら滅茶苦茶だ。」

両親は顔を見合わせると、どちらからともなく蘆花に早く女房を持たせないと、とんでもないことになるといってため息ばかりをついていた。しかし徳富家から原田家へ申し込まれていた結婚話は、愛子の父の反対で、なかなかいい返事がもらえなかった。月給十一円の新聞記者ではどうも不足だというのである。

愛子の父のことばには十分の理屈があった。というのは、この年、お茶の水高師を卒業した愛子が、日本橋の有馬尋常高等小学校で、蘆花よりも一円多い月給十二円をもらっていたからである。

「娘よりも低い月給の男のところへ、わざわざ可愛いい娘をやる馬鹿はいない。」

愛子の父親はそういうのである。

ところが、愛子の兄の原田良八は、この結婚話に乗り気であった。かれも蘆花と同じ安月給の新聞記者であったし、それにかれは蘆花の兄の蘇峰をなによりも崇拝していたからである。そこで蘇峰さんの弟さんなら末々、愛子も心配なかろうということで、蘆花の結婚話は、この良八と蘇峰のあいだでもっぱらすすめられた。

月給はおいおい多くなっていくものだし、それに徳富家からも、いくらかの財産分与がある。良八は妹にこの結婚を熱心にすすめた。この良八の援護《えんご》射撃は蘆花の結婚に幸いした。明治二十七年(一八九四)、蘆花

結婚記念写真
蘆花（27歳），愛子（21歳）

は結婚する一ヵ月前に、父の一敬から、田畑一町と、三池紡績の株千円との財産分与を受け、五月五日、原田愛子と結婚した。

結婚式は氷川町の両親の家で行なわれ、内輪だけの簡単なものであった。前田河広一郎《まえだこうひろいちろう》の『蘆花伝』には次のようにある。

「二人は明治二十七年(一八九四)五月五日に結婚した。式はキリスト教式にも、何にも、略式というだけの式で、新郎が末席に着座すると、兄が新郎新婦を呼び出して、結婚誓約書を読み上げ、たたんで相互に一通づつを手わたし、一人前五十銭の饌部《ぜんぶ》が主客、十二、三人の前に配置されると汚い足袋の裏を健次郎の鼻先へ突つけた女中が、事務的にお給仕を済まして、一同月並な挨拶よろしくあつて退ける――というささほうさな（めちゃくちゃな）ものであつた。」

式が終わるとふたりは二階の六畳間にひきあげた。そこがふたりの新居であったからである。ふたりは月月、食費代八円を両親に納めて同居することになっていた。

その日、蘆花は二十七歳、新婦の愛子は二十一歳であった。ふたりは明日から当時としてはまれな共かせぎをしなければならなかった。

離婚話

結婚して三ヵ月ほどたった八月の暑い日、原田家から徳富家に蘆花の家庭生活について強硬な抗議が出された。原因は夫の蘆花が妻の愛子を虐待《ぎゃくたい》しているということであった。そして、それにはもし徳富家がこの問題に対してなんらかの処置をとらなければ、娘の愛子を家へ引き取るということまで書かれてあった。

驚いたのは徳富家である。両親はひどく心配して、以後蘆花夫婦の挙動には、責任を持って十分の注意をするからと原田家に約束し、一応この問題を収めた。

しかしこの問題はこれだけでは解決しなかった。というのは、蘆花の愛子に対する虐待がいっこうにやまなかったからである。

その模様はかれの長編小説『富士』に詳しく、当時蘆花はひどいノイローゼに陥っていて、特に妻の愛子の身辺にいたっては異常なまでに神経をたかぶらせていた。長編小説『富士』の中から妻、愛子に関するものだけを集めてみると次のようになる。

かれは家への訪問客を極度にきらっている。これは妻愛子への嫉妬《しっと》心のためで、かれは妻の愛子が出迎える玄関のあいさつが少しでも遅れると、怒って妻をなぐった。そればかりではなく、妻に兄といっしょにすわることを厳禁し、歯医者にも彼女を行かせなかった。そして時には、彼女をステッキで人事不省になるまで打ちすえた。こうした蘆花の行動が、一つ一つ、子守の口から愛子の兄、原田良八に伝えられ、両家のあいだに問題を起こしたのであった。

そして明治二十八年（一八九五）、愛子の両親が共にチフスにかかり、彼女がその看病のために里帰りすることになると、問題はさらに悪化した。

蘆花は、はじめ愛子が九州へ帰ることをきらい、彼女の九州行きに反対した。そのため、彼女の九州行きは遅れ、彼女が九州の熊本についた時には、すでに母と兄の軍次（良八の兄）は死亡していた。東京をたって九日目、東京の蘆花のところへもたらされた彼女の手紙には、

「……霙《みぞれ》ふるに幌《ほろ》さえかけずにいそぎしに、思いきや、門口には簾《すだれ》かゝり、忌中との紙はられたり。……父上じろりと見給いて『オ、お藍《あい》（愛子が結婚する前の名前）か？体格のいゝ娘と思つたら、こみや（小さい）もんなア、母さんは死んなはつた。あゝ、待長《まちどおし》かつた。』

わと泣き出し、さびしかろと抱きしめ申候。」

と書かれていて、それは暗に夫の蘆花をいましめるものであった。

蘆花は妻に手紙を書いた。かれはその中でひとり者の寂しさを「世の中の半分を貴女に持つて行かれたように淋しく」と綴っている。妻からは折返したよりがあった。東京で地震があると、見舞の電報が熊本から打たれてきた。ところがその発信人のところが「ハラダ」愛子、良八、省二となっていたために蘆花を驚か

せた。「ハラダ」という姓は、妻愛子の嫁する以前のものである。文字の意味するところは離婚ではないのか。かれは急いで九州に電報を打った。

「オモイキツテアスタテアトニテクヤムナ」

妻の愛子に対するおどしの電報である。九州からは愛子の名で、

「チチシキヨウニセマルゴ　ヘンジ　ニヨリテハ」

という電報が帰ってきた。

蘆花はさすがにバツが悪くなった。九州の妻は今離婚どころの騒ぎではなかったのである。先に、母と兄が死に、今また、父が死のうとしている時なのである。

蘆花はとうとう、

「タツニオヨバ　ヌ」

という電報を九州に打った。そして兄から給料の前借りをすると夜行で九州に向かった。蘆花が九州に着いた時、愛子の父はすでにこの世になく、蘆花は原田家の法事の席上で次のような歌をよんでいる。

　情なや柩に向い初対面
　　何を言い何を言わん三たりの新仏

この歌ははじめ蘆花から妻の愛子の兄、良八に披露が頼まれたものだという。

しかし、良八は、愛子の離婚問題で日ごろから蘆花をおもしろく思っていなかったためにこれを断わっ

た。そして問題がふたたび表面に飛び出してきた。その前後の事情を、前田河広一郎は『蘆花伝』の中で、

「いよいよ、明日出発という晩に、良八の態度に立腹した健次郎は、五月から穿《は》きづめにしている汚いズボン下を洗濯しないといつて愛子を拳で殴《なぐ》つた。そして蹴倒しもした。良八が飛び込んだ。

やがて、健次郎の姉婿《むこ》の河田精一が呼びにやられ問題は紛糾した。良八は、愛子に一言したいといつて蔭へ呼んだ。立《たち》しなにかの女は、

『わたし、ちよつと行つて来ます。心は、ここにおりますよ。』

と良人にささやいた。健次郎は、

『面倒くさけりや、このまま立つてしまう。』

と低声にいうと彼女もうなずいた。

いつまで待つても愛子が帰つて来ないので、かれは下通町の原田家を脱出して、高野辺田の竹崎家へ行つた。

離縁をしいられた愛子は、最後に振り切つてもとの隠宅の部屋へ行つてみると、良人はもういなかつた。良人の荷物一切を纏《まと》めて、彼女も兄の家を脱け出て、大江村の河田家へ逃げた。

そこで、彼女は父の看病によつて感染したチフスに倒れたのである。」

離婚の問題は、彼女の病気によって一時中断をよぎなくされた。そしてこの病気を境に、両家とも蘆花夫婦に対する干渉をできるだけひかえるように申し合わせた。そうすることが、結局ふたりの生活にとって最

も好ましいことがわかったからである。

苦しい生活

二カ月にもわたる妻愛子の思わぬ闘病生活で、蘆花の家計はひどく苦しいものになった。兄から借りたお金は百円以上にもなって、かれが民友社からもらってくる十一円の月給では、どうにもすることができなかった。

その上、妻の愛子も、病気あがりということで、有馬小学校の教員をやめたので、ふたりの生活は苦しかった。

蘆花は、いろいろ考えたすえ、一枚五十銭の原稿書きに精を出すことにした。臨時収入としてはそれ以外の道が考えられなかったからである。

かれは五月に小品「思い出るまゝ」を『国民新聞』に、「訪わぬ墓」と「犬の話」を『家庭雑誌』に発表した。

続いて八月からは、ゴーゴリの『タラス＝ブルバ』を「老武者」と題して『国民新聞』に翻訳し、九月には「恐ろしき一夜」を『家庭雑誌』に、十月には『国民新聞』の日曜付録に喜劇「花あらそい」を、十一月には『家庭雑誌』に「横井小楠先生の話」「高山彦九郎の談話」を、十二月には、同じく『家庭雑誌』に「金儲け」「辛抱力」を、『国民新聞』に「冬の郊外」をとほとんど毎月、休むことなく小品を発表し続けた。

しかし、これらの作品は数こそ豊富であったがいずれも小品で、原稿の枚数が少なかったために、蘆花が期待したほど収入は得られなかった。この結果、蘆花の借金は、かれの意に反して、年を越し、翌年に持ちこされた。借金の重圧は、かれの生活をすさんだものにした。

かれは、ある日、妻の銀時計を見つけるとそれをいきなり庭石にたたきつけ「良人の持たぬ物を妻が持つ法は無《な》い」と叫び、そして、またある日、かれは、自分の机より妻の文机が大きいといって外へ持ちだし、それをこわした。

ふたりは子どものためにと、以前から折にふれてためていた貯金箱を持ちだし、十銭、二十銭の涙のような金を振りだすようになった。そのお金さえふたりは自由に使えなかった。

ふたりはたった四銭の餅菓子を買う買わぬで喧嘩《けんか》をしなければならなかったのである。ふたりは雨の中でにらみあい、口論のすえ、つかみあいをはじめた。この喧嘩で蘆花は、かさとげたをすっかりだめにしてしまった。

写　生

苦しい生活の中で、蘆花は新聞雑誌の挿絵《さしえ》がかなりの収入になることを聞いて、洋画家の和田英作の門をたたいた。

しかし蘆花の絵は新聞雑誌の挿絵には向かなかった。かれは風景画ばかりを描いて、基礎的なチョークのドローイングを少しもしなかったからである。かれは先生のところへ行かず、毎日、ぶらっと家を出ると写生に出かけた。かれがいちばんよく行ったのは市川の江戸川堤である。ここは人影が少なく、風だけが騒いでいつも蘆花をひとりにしてくれた。かれは下流から上流に向かって堤の上を歩いた。かれが歩くと江戸川の白い太陽も川面を動きだし、かれはその夕映えを見るといまいましさに駆られた。というのは、この川面をさかのぼってゆく白い太陽は、かれがこの川辺を歩くたびにかれの心をとらえながら、絵筆を動かしてみるといままで一度もかれに納得のいく絵をもたらさなかったからである。

かれは川面から目を離し、前方に広がっている葦《あし》の一群に目をやった。葦はちょうど白い花をつけて真白なシーツのように広がっていた。かれは写生道具を下すと静かに絵筆を動かした。

できた絵は、江戸川堤から写した川景色であった。一そうの小船が川面に浮かんでいて、そのまわりを白い葦の花が取り囲んでいる絵である。かれは家に帰るとその絵を父に見せた。父の一敬は、その絵を見て、さっそく得意の漢詩をその絵の川の上に書いた。それには、

一片《いっぺん》篙舟《こうしゅう》載《のせて》雪《ゆきを》来《きたる》

とあった。父は蘆花が描いてきた葦の花を雪とまちがえたのである。

蘆花の絵は、おおむねこの程度のものであった。現存している伊香保のスケッチや、江戸川べりの絵にしても、さわやかな水彩画という以外、芸術的に論ずべきも

蘆花作　塩原のスケッチ
（明治31年秋）

のはない。しかし、かれはあいかわらず写生道具を持って歩きまわり、勤め先の民友社へはめったに出社しなかった。

蘆花は当時の生活を『富士』の中で、次のように描いている。

「社では洋行前の兄が、体の十も二十も欲しく走せ廻っている時に、熊次は高足駄をはいて渋谷田甫《たんぼ》の樋の口に二日もつづけて躊《たたず》みつつ、空と雲と麦穂と青草と紫雲英《れんげそう》と蒲公英《たんぽぽ》と、小さな瀑をなして落つる田川の水のまづいスケッチを作るに腐心した。」

このころ、蘆花が書いた作品には「姑《しゅうと》の話」「百物語」「写真」などがあるが、いずれも力の弱い作品である。かれの心が写生にむいていたためである。

しかし蘆花の写生熱はこれらの作品以後、急速にかれの作品に定着されてくる。その第一弾が明治二十九年(一八九六)『国民新聞』に発表された「水国の秋」であり、その完成が『自然と人生』に収められた数数の作品である。あの壮大な『自然と人生』の世界は、蘆花の写生熱から生まれたものといっていい。

兄との対決

明治二十九年(一八九六)五月、蘆花の兄蘇峰は、欧米の政治情勢を視察するために日本を出発していった。

社長の兄が日本からいなくなると、蘆花は急に逗子《ずし》へ行きたくなった。逗子は美しい海岸で、蘆花は以前にここを訪れ、その美しさを知っていた。その時、蘆花は『愛弟通信』で、一躍、有名になった国木田独歩に会った。独歩は、最近結婚したばかりの信子といっしょに柳屋に来ていた。信子は『欺かざるの記』で知られる医師の娘で生き生きした人であった。独歩は蘆花の写生道具を見つけると、うれしそうに逗子の話をはじめた。

「なんといつても、逗子で美しいのは富士山です。それも朝日が富士山の頂に最初に触れる瞬間でね。チヨ、チヨツとかかる時です。」

独歩はそう蘆花に話すのであった。風景の話になると、日ごろ無口な蘆花も黙っていられなかった。ふたりは自然の美しい討論をはじめた。

後年、このふたりの作家は自然に対するもっとも美しい名作を残している。明治三十三年（一九〇〇）八月、蘆花によって発表された『自然と人生』がそれであり、また、明治三十四年（一九〇一）三月独歩によって発表された『武蔵野』がそれである。

しかしこの時は、蘆花の両親も逗子へ来ていて、蘆花は父から「社も忙しかろうから、もう帰れ」といわれて東京へすごすご帰らなければならなかった。このため、かれは独歩と自然についてのつっこんだ話ができなかった。

しかしこの時の逗子の美しい風景は蘆花の心に焼きついてしまって、蘆花はロンドンの蘇峰にたよりを出した。逗子転居の許しを得るたよりがそれである。それには、

「昔者《むかし》、ゲエテ、ミニヨンに言わしめて曰く、独逸《ドイツ》は寒し、伊太利《イタリア》に行かんと。
東京の空気は私にとりて冷たく候。……
私はこの頃は、人に隷たるを甘んぜざる心湧沸《ようふつ》するを覚え候。」

とある。

この転居は蘆花の人生にとって大きな意味があった。この時期、蘆花は、兄の民友社での仕事、とりわけ翻訳物の仕事に対して激《はげ》しい嫌悪《けんお》をいだくようになっていた。というのは、かれの心の中には創作物の作家として世に出たいという気持ちがいつも根を張っていて、その延長線上には、そろそろ自分もなんとかしなければ、一生、民友社の社員として兄に飼い殺しにされてしまうという危惧《きぐ》が、兄に対する奇妙な被害者意識としてあったからである。

このころの日記に蘆花は、

「嗚呼《ああ》、吾《われ》は久しき奴隷にてありしよ、家兄の奴隷なりき。」

と書いている。

逗子転居はこうした兄からの脱出であり、いわば、蘆花の作家修業の出発でもあった。こうした背景から、先のたよりを読み返してみると、その文の裏に、意外に強い蘆花の決意が見られる。すなわち、かれがいう「東京の空気は私にとりて冷たく候」というのは、民友社における兄蘇峰の不当な待遇に対する不満であるし、「私はこの頃は、人に隷たるを甘んぜざる心湧沸するを覚え候」というのは、兄に対する事実上の排戦ととれるのである。

この手紙をロンドンで受け取った兄の蘇峰が、どのような気持ちでこれを読んだかそれはわからない。しかし、兄の蘇峰は「健次郎氏、逗子転居は至極同意に候」という意外な回答を蘆花に与えている。察するに、賢明な蘇峰は蘆花の激しい意志表示を文面に見て、逗子転居を許したものと思われる。

明治三十年一月三日、蘆花は愛子を伴って、希望の地逗子に転居した。

逗子での作品

美しい逗子へ転居した蘆花は、新しい気持ちで文学に向かった。かれは逗子へ移ったことによって、ようやく自由にはばたく自分の心を感じた。かれは快い気持ちで『家庭雑誌』に短編「漁師の娘」を発表し、続いて民友社の企画で、かねがね進められていた「十二文豪シリーズ」の『トルストイ』の仕事にとりかかった。

かれがトルストイを知ったのはずいぶん昔のことで、蘆花は明治二十四年(一八九一)に雑誌『国民之友』に「トルストイ伯の飲酒喫煙論」を翻訳している。それ以後、かれは折にふれて、英語のトルストイ作品を読み、この偉大な文豪に特別の関心を示していた。その意味で民友社の企画していた「十二文豪シリーズ」の『トルストイ』は蘆花の仕事であった。

ヨーロッパ旅行中の兄からは、トルストイの近況がかれのもとに報告されてきた。それには、トルストイがなかなか一筋縄《ひとすじなわ》の人物でなく、

「翁（トルストイ）は兵役を拒むを以つて人生要務の一となすに係《かかわ》らず、其《そ》の次男は軍服を被《こうむ》り長剣を帯び、年少士官として其側に坐しぬ。」

とあって、そのあとにはトルストイが大食いの菜食主義者であることが書かれてあった。蘆花はこれを読んで安堵《あんど》した。かれもトルストイ同様すこぶる大食家であったからである。

逗子の蘆花は朝早く起きると、柳屋の近くを流れる田越川の川口へ行くことを日課としていた。そこから見える富士の朝焼けが美しかったからである。蘆花はそこで朝日に輝く富士の姿をながめ、柳屋へ帰って北向きの八畳間で、毎日『トルストイ』の仕事を続けた。

四月二十六日、かれが心血を注いだ作品『トルストイ』がようやく完成し、民友社から刊行された。かれはその本を取りに民友社へ出かけていった。かれが社に顔を出すと、山路愛山《やまじあいざん》が来ていて「梗概《こうがい》が面倒だったでしょう」とかれにねぎらいの言葉をかけた。

蘆花はこの本を妻の愛子に「この冊子の成る一半は卿《けい》の力」と書いて贈っている。妻の愛子はこの『トルストイ』の本を非常に熱心に読み、蘆花の訳した『アンナ＝カレーニナ』の一節「可愛想に折角《せっかく》再生しかけても、また堕ちて……」というのを読んで、「この文章はあなたでなければ書けないわね」といった。蘆花は妻の指先が「可愛想に」という文字を押えているのを見て、自分の心を押えられたような気がした。

かれは、この仕事で稿料四十円の収入を得た。金を持つと、旅に出るのが蘆花のくせで、かれは絵道具を肩に「絵行脚《えあんぎや》」と称して、相模《さがみ》の川崎から、三島・牛臥《うしぶせ》・沼津・富士川・三崎・浦賀と歩く、初春のスケッチに出かけた。八月、かれは『家庭雑誌』に「夏の月」を発表し、続いて九月からは「探奇秘聞録」というタイトルで連載物の短編「巣鴨奇譚」「身中の虫」「露国探偵秘聞」を発表した。しかしこれらの仕事はいずれも民友社のサラリーマン仕事で、かれの創作的な才能を筆に乗せたものではなかった。かれは『トルストイ』で感じたあの充実感を失い、あらためて民友社の月給という鎖を思い知るのだった。

この時、蘆花にとって一つの象徴的な事件が起こった。それは『家庭雑誌』の九月号に載せた作品「風景画家コロオ」が印刷の手違いで全部六号活字で印刷された事件であった。この事件は蘆花が民友社の半強制的な、そして反文学的な仕事から脱却しようと懸命になっていた時だけに、かれを激怒させた。かれは手に持っていた雑誌をいきなりたたきつけると、前後のみさかいも忘れてかたわらにいた妻に手をかけた。そして彼女をひきずって家中をひきまわした。この事件以来、かれは兄をはじめとする民友社に対して異常な憎しみをいだくようになった。「時来らば、民友社を出でん」それがかれの誓いの言葉になった。

明治三十一年(一八九八)、かれは『国民新聞』の仕事を続けながら、一方、一年になろうとする逗子生活をもとにしていくつかの短編を書いた。その中から「此頃《このごろ》の富士の曙《あけぼの》」を一月二十五日の『国民新聞』に発表した。

この作品は文字通り、発表の名に値する作品であった。かれはペンで極彩色の雄大な富士の姿を読者の前に描いてみせたのである。それはいみじくも独歩がかれに「チヨ、チヨッとかかる時です」と話したあの富士の曙の瞬間であった。

かれの作品は社内をはじめ、大評判となった。社長の兄がわざわざ日曜日にかれのいる逗子へやってきて、田越川ごしに見える風景の説明を求めるほどであった。

「どれが足柄かい。」

兄はそう弟に聞いたのである。

蘆花はこの作品で自信を持ち、短編「兄弟」「昨夜の夢」「可憐児《かれんじ》」等の作品を次々に発表して、三月には文芸作品集と称する『青山白雲』を刊行した。

しかしこの『青山白雲』はさして評判にならなかった。この作品集に対する批判はわずか一行、

「由ありげなる序文は読まず『夏の山』はたしかに面白し。」

というものだけであった。

かれはがっかりした。そしてその気持ちからのがれるために旅へ出た。明治三十一年四月の土浦・鹿島・加村・佐原から、成田・千葉・木更津を巡った旅がそれである。さらに五月、かれは結婚五年目を記念して、夫婦で上州伊香保の湯泉へ出かけた。

逗子海岸から見た　富士の雄姿

この二つの旅行は蘆花が『青山白雲』でいかに深いいたでをこうむっていたかを物語るものである。

かれは三月に『青山白雲』を刊行して以来、三ヵ月間というもの一編の作品も書こうとしなかったのである。そんなある日、柳家でかれは福家《ふけ》安子という未亡人から大山大将の娘の話を聞いた。娘は信子といって悲しい運命を背負っていた。

蘆花はその話を聞いて「これは小説だ」と叫んだという。かれはさっそく執筆にとりかかり、小説の冒頭を五月に夫婦で遊んだ美しい春の伊香保に決めた。こうして小説「不如帰《ほととぎす》」は明治三十一年(一八九八)十一月二十九日から『国民新聞』に連載され、年を越すと非常な評判を得て、町ではどこでも「浪さん」「武男さん」の声が聞かれるようになった。

人々は『国民新聞』を競って買い、このため『国民新聞』は飛躍的な売れゆきを示した。明治三十二年五月「不如帰」は完結した。

そして翌年の出版では八版九千部を売り尽くし、三十四年以後は毎年一万部以上の売れゆきを示した。この成功はかれを一変させた。かれは『青山白雲』のスランプからすっかり脱出してしまった。かれは明治三十三年(一九〇〇)三月から、短編小説の佳品「灰燼《かいじん》」を『国民新聞』に連載し、続いて蘆花の最大の傑作といわれる長編小説『思出の記』を書きはじめた。

さらにこの年八月、かれは逗子に転居してから書きためていた小品を集めて民友社から『自然と人生』と題して出版した。これらの作品『思出の記』と『自然と人生』はいずれも蘆花自身を驚かせる空前のベストセラーになった。

はなやかなデビュー

兄への反発

明治三十二年、「不如帰《ほととぎす》」ではなばなしい成功を収めた蘆花は、続いて出した『自然と人生』『思出の記』等の成功によって作家としての地位を確固たるものにした。そこで、かれはかねてからの念願であったサラリーマン生活をやめて、新しい自由の身になろうと決意した。その徴候はすでに明治三十一年十月四日、蘆花が兄の蘇峰に書いた手紙に次のように示されている。それには、

第一、私の存在を認め、
第二、私の家の存在を認め、
第三、私の今、位置を作りつつあるを認め……。

とあって、まるで十八世紀の人権宣言を思わせる仰々《ぎようぎよう》しいものであった。そのうえ、かれはこの趣旨を、兄を通して両親に訴えるという婉曲《えんきよく》な方法を用いている。

かれがこの手紙に書いた「私の今、位置を作りつつあるを認め……」というのは、この年発表されて評判

になった「此頃《このごろ》の富士の曙」のことで、蘆花はこの作品を自由への跳躍台にしようとしたのである。

また、蘆花は父親の一敬に、兄の不当な処置を次のように訴えている。

「彼は兄の圧迫の事実を一つびとつ列挙した。

日頃の弱虫の声には真意《しんい》が閃めいた。

自由になりたい。

奴隷が鎖を引捲《ひきむし》つて手足を血みどろにしている風があつた。

『そう穿鑿《せんさく》すると……。』

父が苦笑いした。

健次郎は微温的な父を小突き立てるようにいつた。

『お父さんは何も御存じない。』

『いや、知つとる……。』

父親はたまりかねて蘆花のことばをさえぎった。これ以上、兄弟の醜い争いを聞きたくなかったからである。

しかし父親の一敬は末子の蘆花が作家として成功しつつあることを知っていて、明治三十三年(一九〇〇)の正月、蘇峰に蘆花の家の相談をもちかけた。

「湯浅だつて、ああしとるもん。」

当然、蘆花にも家が必要だと父親は長男に説いたのである。しかし蘇峰は、

「元旦、早々、そうしなはらんてちや。」

とさっぱり話に乗らなかった。

「金を借りるにしても、昨今は金利が馬鹿にならないから。」

そういうのである。

ところがこの兄は当時、六千円余の大金を投じて買った青山南町の大邸宅（現在の青山会館敷地）に住んでおり、それればかりか逗子には老龍庵という別荘まで持っていた。こうした兄の態度に対して弟の蘆花も黙っていなかった。

その一つに社長の兄から依頼された英字新聞の翻訳拒否がある。蘆花は蘇峰に次のような手紙を送った。

「仰《おおせ》の趣、承知　仕《つかまつり》　候《そうろう》。

然る処、熟々《つくづく》愚按《あん》ずるに、深井君が御免を蒙《こうむ》つた仕事は、私も何だか気が進まず候。

依て切り抜は御返送仕候。」

意地の悪い文章である。蘆花は兄がわざわざ送ってきた英字新聞の切抜きをそのまま送り返したのである。

明治三十三年（一九〇〇）、蘆花は兄に、サラリーマン生活をやめて原稿料で生活することを申し出た。これに対して兄は、弟に次のような条件を提示した。

「小説は一段、一円五十銭、雑文は一円、一段未満のものも一段と勘定する。」

蘆花はこれでようやく独立の途についた。

かれはこの年十月、住みなれた逗子を引き払って、東京府下豊多摩郡の原宿（現在の東京都渋谷区）に移った。家賃十四円、敷金二十円の借家であった。

作品に示された兄

蘆花の作品には、兄の蘇峰に対する感情を吐露したものが少なくない。しかもそれらの諸作品は、ほとんどがかれの兄に対する悪感情で塗りつぶされていて、ふたりのあいだにきびしい兄弟の相剋《そうこく》があったことを示している。

一般的にいえば、蘇峰、蘆花という兄弟は、ふたりとも、明治という時代にあって、それぞれの分野で大きな業績を残し活躍した兄弟として名高い。

兄の蘇峰は若くして明治文壇の雄となり、民友社を創立して、ジャーナリストとしての才能をはなばなしく発揮した人であり、一方、弟の蘆花は、いうまでもなく一級の作家である。しかし、この兄弟は、しばしばその人生で派手な衝突を繰り返した点でも名高いのである。

以下、蘆花の作品に示された兄の蘇峰を探ることによって、蘆花がどんな感情を兄にいだいていたかを見たいと思う。

ただこの場合、注意しなくてはならないのは、蘆花という作家が常に作中の人物を自己の周囲に求めた作家であるということである。だから、多少の感情操作をこのふたりのあいだに加えなければならない。

明治三十一年(一八九八)、蘆花はポール＝ブルジェイの『生きた嘘』を「まがつみ」と題して『国民新聞』に翻訳した。

その中でかれは登場してくる子爵《ししやく》夫人の情夫を「自然主義の大統領、平野水を日に幾本ときめて飲む」と訳して、一日に何本となく、好んで平野水を飲む兄に毒づいた。そしてその後には、子爵夫人が湯あがり姿のしどけないかっこうで、情夫の侯爵に会うみだらな場面を設定している。

これを読んで驚いたのは蘇峰側近の編集者たちである。かれらは、社長の蘇峰が、平野水を毎日まるで牛乳のようにゴクゴク飲むのを知っていたから、ただちに蘆花の作品に伏字を適用してしまった。そしてこの「まがつみ」はとうとう中断されてしまった。

また、蘆花が明治三十三年に書いた短編小説「灰燼」では、強欲な兄が登場してきて弟の許婚者《いいなずけ》を横取りしようとする。

そして、その結果を、蘆花は長編小説『富士』で、

「然《しか》し追々と回が進んで、剛突張《ごうつくば》りで弟の許婚《いいなずけ》に横恋慕《れんぼ》する人物が出てくると兄の顔色は悪くなつた。」

と書いて兄に対する溜飲《りゆういん》を下げている。

また、この年にかれが編集して出版した『自然と人生』では、わざわざこの兄のきらった「灰燼」を巻頭につきだして、以前『家庭雑誌』で六号活字のうきめを見た「風景画家コロオ」をその腹いせに終わりに持

ってきている。そしてそれを実行することを蘆花は民友社に強く指示さえしているのである。

告別の辞

「告別の辞」は明治三十六年(一九〇三)二月、蘆花によって小説『黒潮』の巻頭に掲げられた。この一文は、徳富兄弟の劇的な別れを示すもので、その発端となったのは明治三十五年(一九〇二)十二月二十三日の『国民新聞』に載った「霜枯日記」にあった。

蘆花はこの「霜枯日記」で、当時の内閣であった桂内閣の海相山本権兵衛の収賄事件を取りあげて、これを鋭く非難した。ところが、その中にコミッション(手数料)という字句があって、これが国民新聞編集局によってけずられた。

なぜ、こうしたことを国民新聞編集局がしたかというと、当時の『国民新聞』は桂内閣の御用新聞であったからである。そのため、蘆花の「霜枯日記」は手を加えられた。

このことは蘆花にとってショックであった。かれは以前、同様のしうちを受けた「まがつみ」や「風景画家コロオ」を思い出し、国民新聞社あてに、

「無断削除を敢てするなら、今後一切《いっさい》新聞に執筆しない。」

という意味の強い詰問《きつもん》の手紙を書いた。

新聞社からは草野という人物が蘆花のところへやってきて、編集局の手落ちを認めながら、

「社の利益を害するような文字を削ることはよくあることですから……。」

と弁解した。これを聞いて蘆花はその夜「告別の辞」を書いた。かれには新聞社の誠意が感じられなかったのである。翌朝、かれは青山に兄の蘇峰を訪れ、「告別の辞」を新聞に載せることを求めた。しかし、蘇峰はそれを受けつけなかった。蘆花はしかたなく家に帰り年を越した。

明治三十六年、蘆花は新しい年を迎えて、ふたたび「告別の辞」を書く必要に迫られた。というのは、かれはこのごろ、『国民新聞』に連載していた長編小説「黒潮」の第一編を終えたところで、その続編にとりかかっていたが、これが予想以上遅れて、その事情を読者に知らせる必要があったからである。

そこで、かれはこの年の一月に、ふたたび「告別の辞」を書いて『国民新聞』に掲載を求めた。しかし、国民新聞社はこれを拒否した。

その結果、蘆花は、かれひとりだけの黒潮社を創立し、二月になって問題の「告別の辞」を世間に公表したのである。

謹　告

一、斯《この》小説の第一編はもと国民新聞に掲載せり。然も余は旧臘《きゅうろう》（去年の十二月）国民新聞と関係を絶ちたるを以て、自ら貲《し》を捐《す》てゝ刊行せるなり。

一、当時斯《この》小説の読者諸君に事の由を宣《の》べむと欲したるも国民新聞は余が告別の辞を陳《の》ぶるを好まざりしを以て、余は是非《ぜひ》なく黙々として今日に到れり。若《も》し国民新聞の読者諸君にして、或《あるい》は斯冊子《このさっし》を手にせらるゝの日あらば、余が本意にあらざりし無責任を宏恕《こうじよ》あらんことを望む。
一、第二編は目下起稿中なれば、脱稿次第一冊として刊行す可《べ》し。
一、黒潮社とは余唯一人の社なり。存ずるも他の助を假らず、亡ぶるも他の責にあらず。余は他に累《るい》を及ぼさずして、思うさま言いたきことを言わんが為めに、民友社を去つて、黒潮社なるものを設けぬ。小説黒潮を始として、拙著は此処より出さむと欲す。読者幸に諒焉《りようえん》。

黒潮社に於て

徳富健次郎識

明治三十六年一月二十一日

そして兄の蘇峰に対しては、

「初斯小説《はじめこの》を民友社より出す時、君に献ぜんと思いたり。今や余は民友社を去りぬ。然も斯《この》小説を献ず可き者は終に君ならざるを得ず。」

という書き出しで、諄々《じゆんじゆん》と告別の理由を述べている。

その中でかれは、

「余が幼きや、君に手をひかれて村塾に通いたりき。十五六に及びては、君を師として英語を学び、文章を習い、自由の大義を聞けり。」

と、幼少のころの思い出を書いて、兄の蘇峰に感謝しながら、

「情義実に如斯《かくのごとし》。当《まさ》に君に随《したが》いて地の端《はし》にまでも到る可きなり。而《しこう》して余は君に別を告げ、十有余年の棲遅《せいち》なる民友社を去り、国民新聞と絶てり。何《なん》ぞ然る。他なし。余は久しき以前より我等の傾向の次第に異なるを気づきたり。」

と書いてふたりの性格の相違を挙げ、そして最後に蘆花は、

別《わかれ》に臨むで、再び顧みて余の眼前に山の如き君が恩義を謝し、敬意を表し、君と君が社中の健康を祈らしめよ。而して斯拙《このつたな》き一篇の小説を留別として君が机前に献ぜしめよ。

明治三十六年一月二十一日　　弱弟　蘆花生謹識

と書いて「告別の辞」を終わっている。この「告別の辞」は世間に一大センセーションをまき起こした。人々は争ってこのスキャンダルを買い、『黒潮』は三カ月で八千部も売れた。しかし蘆花は寂しかった。そんな蘆花を見て同情する人々も少なくなかった。中でも、内村鑑三・木下尚江《きのしたなおえ》らは、それぞれの立場から、かれにあたたかい声援を送った。とうとう蘆花は兄の蘇峰と別れた。それは一つの宿命であった。

日露戦争

蘆花が黒潮社を創立して「告別の辞」を発表した明治三十六年（一九〇三）の翌年、日本とロシアのあいだに戦争が起きた。

このロシアとの戦いは、ずいぶん前から国民のあいだにも予想されていたもので、日本の国民は、開戦に際して大きな動揺を示さなかった。それどころか、むしろ日清戦争後の三国干渉によるロシアのおせっかいをおもしろく思っていなかったので国民は大いにこれを歓迎したのである。

明治二十七、八年の日清戦争以後、日本中に広がっていた「臥薪嘗胆《がしんしょうたん》」「打倒ロシア」はそのあらわれであった。しかし、この中にも反戦論者はいた。幸徳秋水《こうとくしゅうすい》・与謝野晶子《よさのあきこ》らがそれで、秋水は『平民新聞』で盛んに戦争の非を説き、晶子は「君死に給ふこと勿《なか》れ」を発表した。そして『平民新聞』の堺利彦《さかいとしひこ》は、先に蘆花が「告別の辞」で「自家の社会主義を執《と》る」と書いた一文を読んで蘆花を訪れ、「非戦論号」に執筆を頼んだ。蘆花はこれに次のような回答を送っている。

「非戦論号に書けとの来諭《らいゆ》は、甚《はなは》だ遺憾《いかん》を感じ候。実をいえば小生は絶対的非戦論者にあらず、吾儘《わがまま》な子供はその手を引握つて一睨《いちげい》の要あるを認むるものに候。何ものか両面なからむ。ナイルの氾濫《はんらん》はエジプトの豊饒《ほうじょう》なり。日露戦争は日露和親の唯一手段にあらざらんや。他の点に於て趣味相近しと信ずる諸兄とこの点に於て協力する能《あた》はざるは、小生の遺憾とする所に候。」

蘆花はこの戦争に反対でなかった。かれは多数の国民と同様、横暴なロシアに反省の一撃を加える必要を感じていたのである。この戦争中、蘆花は文学的な仕事をほとんどしなかった。かれは毎日、銀笛を習ったり、琴をひいたり、オルガンをひいたりして過ごし、医師からは「栄養過良」、「皮下に脂肪多し」という診断を受けた。かれの書棚には丸善から買い込んだ本が、手もつけられずに置かれていた。

一方、兄のひきいる『国民新聞』は、桂内閣の御用新聞となって大忙しであった。

当時の『国民新聞』は、首相の桂をして「国民新聞を読まぬ官吏は免職する」といわしめたほどの勢力の持ち主で、その販売数も大きかった。新聞は連日、戦争の模様を伝え、『国民新聞』は日露戦争の一部始終――開戦から旅順港の奇襲、遼陽《りょうよう》の会戦、黄海海戦、旅順攻略まで――を詳細に報道した。

ところが終戦を迎えた九月五日、『国民新聞』はその社説で「日本国民は合衆国大統領の調停の労をとった交誼に対して、謝せねばならぬ」とありのままを書いたために、戦勝に酔う国民の憤激を買って、多数の暴徒に襲撃された。蘆花はこの事件で動揺した。かれはロシアとそれに同調する『国民新聞』の態度をおもしろく思っていなかったが、新聞社襲《おそ》わるのけたたましい号外の鈴の音に兄の身の上が心配になったのである。

かれは国民新聞社へ駆けつけようか、駆けつけまいか迷った。その結果、かれはかろうじてその思いをとどめた。かれをとどめたのは「告別の辞」であった。

まもなく政府は国民新聞社を保護するために戒厳令《かいげんれい》を施行した。戒厳令は市内だけでなく荏原《えばら》・豊多摩・北豊島・南足立・南葛飾《かつしか》の五郡に広げられ、夜半にはいってようやく東京は平静さをとりもどした。

この日、蘆花は一日中、兄と自己のあいだで苦しんでいた。

スランプ　明治三十八年(一九〇五)九月の日比谷焼打事件が終わった後、社会主義者の集まりであった平民社が解散の命令を受けて、雑誌『直言』が発行禁止になった。

そして平民社関係の七十人あまりの社会主義者たちがいっせいに家宅捜査を受けた。理由は、かれらが焼打事件に関係したかどうかであった。この取り調べによって平民社は潰滅《かいめつ》し、同人の中に混乱と分裂を生じた。社会主義者たちは同じ旗印の下でありながら、唯物論と唯心論に分かれて争い、十一月になって雑誌『新紀元』が出版された。菊版四十八ページ十二銭の月刊雑誌である。編集は石川三四郎《いしかわさんしろう》、編集顧問には安部磯雄、木下尚江《きのしたなおえ》といったスタッフが並んだ。冒頭には「巻頭の祈」として、

「神よ、今筆を執りて、又爾《なんじ》の栄光に跪《ひざまず》く。希《ねが》くば、我心を開きて爾の愛と力に満つることを得せしめ給へ。」

ということばが刻まれていた。

蘆花はこの雑誌『新紀元』に次のような予告を載せた。

小説「黒潮」第二編を掲載するにつきて、三年前拙著小説「黒潮」の第一編を公にせし以来、余は殆んど一行をも書かずして、今日に到れり。今や我日本民は北の巨人を相手の拳闘より起ちて砂を払い汗を拭《ぬぐ》い、嘯《うそぶ》いて世界看視の中に立たんとす。彼の歴史は確かに一時期を画《かく》せるなり。「新紀元」の此時を以て生るゝも、又偶然にあらずと謂わんか。此誌上に於て拙著小説の稿を続《つ》ぐを得るは余の窃《ひそ》かに喜ぶ所なり。

恐らくは依然たる低級の芸術、生硬、粗笨《そほん》浅薄の旧態を脱する能わざらんことを。

十月二十日　秋雨コスモスの花に灑《そそ》ぐ夕

原宿の僑居《きょうきょ》にて
蘆　花　生

かれはこの宣言によって、三年間に及んだスランプを強引に過去のものにしようとした。しかし現実は甘くなかった。かれはどうにか最初の原稿を編集者の石川に手渡すことができたものの、その終わりには、

「原稿少々中訳ばかりに差上候、まずき事夥《おびただ》しきものに候、次回よりはいま少し、沢山にまとめ度《たく》候。」

と書いた。かれはスランプを意識するようになって、秋の雑木林へ出かけるようになった。

作家になって十年、かれにとって初めての苦しい経験であった。渋谷の雑木林にはいると、そこには苦悩ばかりが木の枝にずっしりぶらさがっていた。悔恨が落ち葉のように降ってくる。戦争のあいだ自分はいったい何をしていたのだろう。兄はあの通り自分の主義と信念を戦争中りっぱに押し通した。

それに比べて自分はどうであろう。銀座でつくった五十円のモーニングを着て、修善寺下りの温泉旅行をし、家では栄養過多の肥満したからだをもてあまして、妻の愛子をいびり、女中を泣かし、暇にあかして園芸道楽の鉢物をいじって暮らしていたのではないか。考えてみると、蘆花には今の不幸が当然のように思えた。かれは毎日、近くの林にはいり、林の道を通って懺悔《ざんげ》を続けた。

十二月にはいって、かれはようやく一つの地点に到達した。それは「告別の辞」に対する見解であった。かれは兄に謝罪する必要を感じて青山の兄、蘇峰を訪れた。

「今日は、謝罪にあがりました。

　第一、『黒潮』の公開書は卑怯であり、
　第二、国民新聞社焼打の際、心に懸りながら知らぬ振りをしたのは、寔《まこと》に済まぬことです。」

とかれは一気にあやまった。これを聞いて兄の蘇峰も、

「こつちは、すこしも介意せぬ。そういわれるとこつちも何だかが……。」

といってふたりは和解した。

　蘆花は家に帰ると書けない小説『黒潮』の代わりに「懺悔」という一文を書くことを思いつき、それに、

「自分は日本、兄はロシア、日露戦争で憎み合つて講和とともに握手する。」

と書いた。

　妻の愛子はそれを見て、「恐ろしい勇気」とたたえた。ところが逗子の母親が、

「あなたばかりが悪かぢやない、兄さんも忙しいもんだけん……。」

と蘆花に同情したばかりに、この言葉がかれの心にふれ、蘆花はいったん手渡した「懺悔」の原稿を『新紀元』の石川からむりやり取り返すと、兄とした和解さえ後悔するようになった。

　かれは家伝の刀や、護身用のピストルを破壊して苦しんだ。この懊悩の結果、蘆花は自らこのスランプを脱する決意を固めて、明治三十八年、すべての感想録・日記を火中に投じてしまった。

　かれが好きな肉食を絶って菜食主義を始めたのもこのころのことである。

心的革命

新しい生活

「山に転居」のはり紙を原宿の門に掲げて、蘆花と愛子は明治三十八年(一九〇五)十二月三十日に逗子に行きそこで年を越した。そして一月七日伊香保に行き、そこから『新紀元』の編集者石川三四郎に「山上より」と題する手紙を書いた。

この手紙は蘆花の新しい出発を示すもので、かれはその中で「生後三十八年、受洗後二十年にして復活し、むしろ新に生るゝを得たり」と書いて、今後は蘆花の号を廃して、本名の徳富健次郎と名乗ることを宣言している。

この時、かれと妻の愛子が過ごした伊香保の生活は敬虔《けいけん》な求道者のそれであった。蘆花は毎日、四福音書《ふくいんしょ》に向かい、トルストイの『われら何を為すべきや』を読んでひたすら生活の刷新を計り、それに疲れると伊香保の小道を歩いて、賛美歌を歌った。仁泉亭では、かれの特別注文で菜食主義の料理ばかりがつくられた。

これらの日々は、かれが自ら、

「小生は追いつめられ、追いかけられ、揉まれ、たたかれ、水に洗われ、火に焼かれ、攻めて、攻めて攻めぬかれて、終に全く神のものとなり了んぬ。」

と書いた「山上より」のたよりそのものであった。

「山上より」の中には、当時の蘆花の精神的苦悩が次のようにも書かれている。

「内的生活の一変と共に、小生の思想見解の上に全く一変化を来し、また来さんとしてあり。社会観・芸術観・その他、一切の思想感情は発酵、又発酵。今日の所、未だ如何になり行くやを予知する能わず、将来の行動如何なる方針に向うやも未だ予知する能わず、黒潮の稿を続け得べきや、或は小説なるものを書く可きやも、今日に於て猶《なお》一の疑問たるを免れず。」

これは作家として大きな不安であった。蘆花は何ものかにすがりたく、福音書を開き、トルストイに向かっていたのである。かれはトルストイの『われら何を為すべきや』に感動し、そこに展開されたトルストイの人道主義に共鳴した。かれはトルストイに手紙を書き、トルストイ訪問を決意して、三月伊香保の山を降りた。

後年、こうした蘆花の生活態度をかれの友人であった国木田独歩《くにきだどっぽ》は真山青果《まやませいか》に次のように語ったという。独歩臨終の四、五日前の話である。

「徳富君は真に芸術の煩悶《はんもん》を為し得る人だ。あの人は何事も真剣でなければ出来ない人だ。世間では種々の事をいうようだが真に煩悶し得る人は偉いんだ。初めから蘆花君には敬服していたけれどもこれ程真剣とは思わなかつた。僕等などは煩悶の影を見てさえおびえてしまう臆病者だ。」

独歩は死の床で親友蘆花をこのように見ていたのである。

順礼紀行　トルストイ訪問を思いついた蘆花は、三月十日に伊香保の山を降りた。そしてあくる日の十一日、妻愛子の洗礼を安中《あんなか》教会で柏木牧師の司会ですませると、四月四日、欧州行きの横浜発、備後《びんご》丸に乗り込んだ。四月五日、かれが備後丸で書いた妻愛子への手紙には次のような文章が見える。

「望通り、横浜桟橋《さんばし》に一人の見送なし。本意なるべくして、然も本意なき心地、不図《ふと》、甲板に手帳を披《ひら》きて歌を見出したる時の驚喜、

わかるるはあうのはじめとたのしみて
　ゆびよりかぞへ君をまたなむ

昨日は午後三時馬太《マダイ》伝第一章を読み甲板に出でて、三崎より葉山、逗子、鎌倉の陸影の春霞にほのかなるを望み、海浜に出でて相模灘《さがみなだ》を眺めみんといいし人を、神の慰め玉わんことを祈れり。室に入りて旧約書を読みはじむ、此れはエルサレムに着く前に、是非読了せん積《つもり》。」

横浜を出航した蘆花の船中生活は、毎朝六時起床、洗面、冷水摩拭《まさつ》、終わって天気であれば甲板、そうでない時は室内で聖書と黙禱《もくとう》であった。

九時からは朝食があって、それが終わると甲板の散歩、ルナンの『耶蘇伝』を読み、午後二時から昼食、

散歩、日独会話、旧約聖書と続いて、八時に夕食、散歩、雑談、十時に詩一編を鑑賞、黙禱《もくとう》し就寝するといったきわめて規則正しいものであった。食事も昨年から実行し始めた菜食主義を反映したもので、肉の代りにかれは、ジャガイモを食べていた。

四月十五日の妻への手紙には、

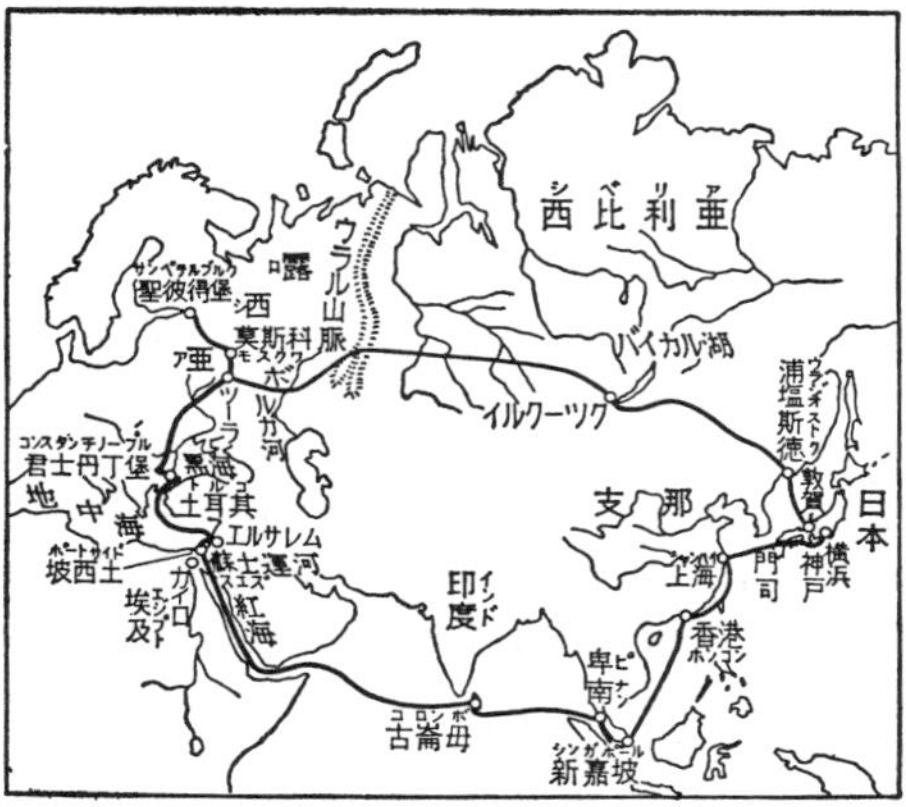

順礼紀行図（地名は『順礼紀行』による）

「ベンチにうたた寝し不図《ふと》『あなた』という声のまさしく耳に入りて愕《おど》きさむれば、夕暮の甲板に唯一人なりき。

哀思水の如し。」

とあって、好きなくだものを香港で買った時には、「独《ひとり》食うは勿體《もったい》なくと思う、……唯美なるもの、旨《うま》きものに逢う毎に、二人してと思うのみ」と書いて、妻の愛子をしきりに慕っている。

船は四月下旬に上海《シャンハイ》・香港《ホンコン》をぬけて、五月にはインド洋にはいり、コロンボに向かった。

この時、蘆花はその甲板から、かれの作品『思出の記』をインド洋へ投げ込んだ。『みみずのたはこと』にはその様子が、

「ペナンからコロンボの中間で、余は其《その》『思出の記』を甲板から印度洋へ抛《ほう》り込んだ。『思出の記』は一瞬の水煙《みずけむり》を立てゝ、印度洋の底深く沈んで往つたようであつたが、彼《かの》、小人菊池慎太郎が果たして往生したや、否は疑問である。

印度洋は妙に人を死に誘う所だ。」

と書かれている。

かれがどうしてこの儀式をしたか、それは読者にも理解できると思う。

蘆花はこの時、過去のいっさいをインド洋に沈めて、新しい自己の再生を計ったのである。ちょうど明治三十八年(一九〇五)、かれが感想録・日記類を火中に投じたのと同じ動機であった。

五月十八日、備後丸は四十五日間の航海を終えて、ポートサイドに着いた。

その日、かれが書いた手紙には、

「書きたき事、多けれども空腹、夕飯に近ければ擱筆《かくひつ》す。」

とあって四十五日間の船中における菜食主義がからだにこたえたことを伝えている。

妻の愛子も、それを心配して、

「……ただ気になるのはジヤガイモぜめの一事に候。おからだにおさわりなきにや、いかばかりおやせ遊ばしつらん。

おひげは、そらせ給うや、塩風にはお目は如何、四畳半に六人といえば、絵にてはひろそうに候も、実際の部屋にてあわすれば、さてもくるしの御住いかな……。」

と書いている。

五月十八日、ポートサイドへ着いた蘆花は、そこからカイロへ行き、エジプト見物をして、二十四日に目的地のエルサレムに到着した。エルサレムに着いたころの蘆花は、長い船中生活と無精《ぶしよう》で順礼乞食《こじき》のような姿になっていた。かれはズックの袋と傘とステッキを持って聖地を巡った。

しかしエルサレムは失望の地であった。かれはそれを『順礼紀行』の中で、

「所詮《しよせん》、エルサレムは眼を閉じて、見物す可き所也。」

と書いている。

当時のエルサレムは、キリスト教各派の醜い縄張り争いの中心地で、蘆花が聖書の中で見た優雅な聖地ではなかった。

蘆花は失望と疲労を『新春』の中で、

「其《その》当時、私はフラ〱した頭と体そして幽霊の様に聖地をさまよいながら、ああ残念だ、惜しい事だ、……と思い〱した。」

と書いて、その原因を妻の愛子が心配したジャガイモばかりの食事に見つけて「感興など起る様な心身の余裕はなかつた」と述べ、エルサレムでは「何を見たのか、馬鹿を見た位のものだ」と書いている。

かれは、はるばる日本からやってきながら、大きな収穫を聖地では得ることができなかった。

トルストイ訪問　順礼紀行に出発する前、蘆花とトルストイのあいだには、おたがいの紹介を兼ねた手紙の交換があった。

蘆花のトルストイあての手紙には、次のようなことが書かれている。

「……職業によれば頗《すこぶ》る下手なる小説家。社会的信条よりすれば、社会主義の信徒に候。

　小生は他の社会主義者の非戦論には賛同せずして飽《あく》まで露国征討論者の一人にて有之候《これありそうろう》、而して夢想家の空論視したる先生の所論の今更に切実なるを痛感致し候。」

これに対してトルストイは、次のような手紙を書いている。

「同氏は日本の神道に興味をもたるゝか、いかなる教義として紹介されあるにや、お前様には深くお調べあり様にも覚えず候、など生意気な心配まで致居候《いたしおりそうろう》。」

この二通の手紙には、ふたりの作家の素顔がのぞいていておもしろい。

蘆花は明治三十九年（一九〇六）七月、聖地パレスチナを訪問したあと、トルストイの住む、ヤスナヤ・ポリヤナを訪れた。

トルストイは蘆花が日本から三ヵ月もかかってはるばるロシアまでやってきたことを話すと、すかさず「沢山金を使ったろう」といって蘆花を笑わせた。

ところが日露戦争の話になると、ふたりは、真正面から衝突してしまった。

蘆花が日本の立場から、日露戦争におけるロシアの横暴を非難して、日本の戦争はやむをえなかったとい

うと、トルストイは恐ろしい顔をして、
「ノオ　アイ　ドント　シンク　ソオ」（おれは、そう思わない）
と激《はげ》しく蘆花の主張を否定した。

ヤスナヤ－ポリヤナの蘆花（中央）とトルストイ（左）

そして自分が、一九〇四年に書いた戦争反対論『反省せよ』と『ハリスンと無抵抗』を持ちだすのであった。

この口論でふたりはおたがいの頑固《がんこ》さを認めあい、議論による問題の解決をあきらめた。ふたりは西洋流のエチケットに従って、宗教・政治の話をふたりの会話から除外した。

気むずかしやのおとなは、さっそく無邪気な子どもになった。『新春』にはそのありさまがユーモラスに描かれている。

「街道傍の樺の林にかかると爺さん（トルストイ）、突然《いきなり》、自然木のステッキを地に突き立てて、私を横目に、何とかぶつぶつ、いいながら、じやあと放尿を始めた。………

大いに日本の度胆を抜くつもりであつたかも知れぬが其様な事なら朝飯前だ。日本で連れ小便は誰れもする。

私は早速《きつそく》、袷《あわせ》の前を捲《まく》つて、劣らじものと始めた。」

ふたりは近くを流れるバロンカ川に泳ぎに行った。蘆花は、この時の水泳を「洗礼を受けたつもりであった」と述懐している。

蘆花は七月五日早朝、トルストイ家をたって帰途に着いた。

別れに際して、トルストイは、

「トキトミ、君は農業で生活することはできないかね。」

と蘆花にたずねた。

このなにげないトルストイの言葉は、その後の蘆花を決定した。

かれは八月四日、敦賀《つるが》に到着すると、十一月号の『文章世界』に「書かざる所以《ゆえん》」を次のように語っている。

「私も、何も書かないという訳ではありませんが、どうも書くべき事実がないのに弱ります。見聞の事実が、少くとも興を誘わない。何事にも興味を有《も》たないのです。

だから他の人の作物を見ると何《ど》うして、こう沢山に書く事柄があるかと思う位です。一体、文学というものは決して職業《プロフエツシヨン》とすべきものではありますまい。筆に依つて生活するとなつたら、文学位危険千万な職業は無いでしょう。」

この精神は、蘆花がトルストイとの対話の中から、知らず知らずのうちに持ち帰ってきたものであった。

蘆花は自然の中で農業生活を始めることをこの時決意した。

自然の中へ

粕谷移転

明治三十九年(一九〇六)、順礼紀行から帰った蘆花は、大きな転換を始めた。

かれはまず、トルストイからすすめられた農業生活を実行するために、必要となる土地を求め、自由な発言を打ちだした。かれは十二月、青山学院で「眼を開け」と題する講演を行ない、同じ立場から第一高等学校で「勝利の悲哀」の講演を行なった。

特に十二月十日に行なわれた第一高等学校における「勝利の悲哀」は、蘆花の変化をよく示している。かれはこの講演の中で、日露戦争の勝利に酔いしれている若い学生たちをつかまえ、当時名将とうたわれた陸軍参謀長児玉源太郎大将の例を引いて、

「君達は、早く勝利から目を醒《さ》まして、日々の勉強に精進をしなければならない。」

と訴えた。蘆花がなぜ、こうした訴えを若い人々にする気持ちになったかというと、その背後には、かれが直接、ロシアという国を訪れた経験があったからである。

かれは、敗戦国ロシアを訪れて、そこに敗戦国を見い出さなかった。ロシアは日露戦争で負けたはずなのに、あいかわらずゆうゆうと存在していたのである。

勝った、勝ったと喜んでいるのは、日本国民だけであった。しかも勝った日本は、日露の終戦講和に対して、児玉将軍が「どんな条件でも講和を結べ」と叫ばずにいられなかったほど、内情は苦しかったのである。

かれは、この講演で「醒《さ》めよ、日本。眼を開け日本」と叫び、「一歩を誤らば爾《なんじ》が戦勝は即《すなわ》ち亡国の始とならん」と警告した。

しかし、日本は醒めなかった。日清、日露の戦いに勝った日本は憑《つ》かれたように軍備拡張と、植民地支配の道を歩み、軍国的膨張をその後も続けていったのである。そしてその結果の太平洋戦争の敗戦は、蘆花の指摘通りの「亡国」であった。

この年、十二月二十五日、かれは月刊『黒潮』の発行を企て、第一号に「閑窓雑筆」「勝利の悲哀」「基督《キリスト》後誕祭」「去年の余に語りし自然」等を掲載し、翌年一月には、第二号の『黒潮』を発行して「閑窓雑筆二愛」を載せた。

明治四十年二月二十七日、蘆花は、かねて準備をしていた東京府下北多摩郡千歳村字粕谷《ちとせむらあざかすや》三五六番地（現在の東京都世田谷区粕谷の蘆花恒春園）に、青山高樹町から移転した。

かれは、ここを永住の地と定めたのである。蘆花は、この地に移ると、さっそくくわを握り土を耕し、種をまいて田園生活を始めた。明治四十一年、その近況を「国木田哲夫兄に与えて、僕の近況を報ずる書」と題して、千歳村一ヵ年の消息を伝えている。

この随筆は、田山花袋《たやまかたい》と小栗風葉《おぐりふうよう》が、当時茅《ち》ヵ崎《さき》で肺病の治療をしていた独歩を慰めるために、斡旋の労を取って、文壇の二十八人から集めたものの中の一つであった。

しかし、こうした暖かい友情にもかかわらず、独歩はこの年六月この世を去ってしまった。独歩は蘆花にとって数少ない友人のひとりであった。かれは独歩の死を「残念に候」と簡潔なことばで悼んだ。それが独歩にとっていちばんふさわしい言葉と蘆花は信じたのである。

千歳村粕谷に移転してから三年目に、蘆花は菜食主義を捨てた。かれは千歳村に移って以来、規則正しい生活の中から、禁欲をしいる菜食主義の不自然さに気づいたのである。

かれは自然と生活するためには、まず自分が思うまま自由に振舞うことが必要であり、そこから自然との共同生活が発見されると思うようになった。

このころから、蘆花には著しい自信が生活のすみずみにあらわれるようになった。かれはいっさいの自己を解放する欲求に駆られるようになり、『みみずのたはこと』『黒い眼と茶色の目』『新春』『富士』等の作品を書いた。

幸徳事件

幸徳事件は、明治四十三年(一九一〇)五月二十五日に、労働者の宮下太吉が天皇暗殺を企てた嫌疑によって、警察に逮捕された事件がきっかけとなった。そして、その同志であった管野スガ・新村忠雄・古河力作等が次々に逮捕され、同時にこうしたテロには反対であった幸徳秋水等の社会主義者も逮捕された。最初、人々は、この大胆な計画に驚き、事件のなりゆきを注目した。

蘆花もこの事件を見守るひとりであった。かれは六月に事件と直接には無関係であると思っていた幸徳秋水が警察に逮捕されたのを聞いて、この事件の背後にある大きな力が動いているのに気づいた。幸徳秋水は、かれの知るかぎり、暴力革命をするような人物ではなかったからである。社会主義者たちはかれの心配したように、次々と逮捕され、年末までに二十六名が大逆罪で起訴された。

そして年を越した明治四十四年(一九一一)の一月十八日には、秘密裏に審理された大審院の特別法廷で、幸徳秋水ら二十四名が死刑、他の二名に有期刑の判決があった。

この判決は二日後の一月二十日に、大命による恩赦によって十二名だけは無期懲役となったものの、四日後には残り十二名が死刑の執行を受けた。判決後、一週間目の死刑執行である。異常な早さといわなければならない。この異常な事件に対する蘆花の反応は、妻愛子の日記になまなましく記録されている。

一月十九日　曇　水
　昼過《ひるすぎ》新聞来る。書斎より吾夫、オーイとよびたもうに、何事ぞといそぎゆかんとすれば、つづけて二十四人も殺すそうだ!
　書斎によれば、いつもく此事につき語り、気をもみしが、何事ぞ二十四人の死刑宣告!!……

一月二十日　雪　木
　きようは終日、かの二十四人の事件につき、かたりくらす。

食卓の下にうづくまりて、おかめかきもちをやけば、吾夫も坐して卓の下にてとり給う。心は牢にのみゆきて。

一月二十一日　晴　金

聖恩如海《うみのごとし》、十二名減刑の詔勅下る。吾夫は、まだ政府を利巧として、多分残りも今数日を経て下るべし。二度にするなるべし。一度に悉《ことごと》くゆるすは、寛に過ぐるように見ゆればと。

されど、幸徳及管野のふたりは、若《も》しくは大石の三名だけはどうもたすかりそうにもなし。

ともかく兄君へ手紙認め、残り十二名の為尽力したまわん事を乞い給う。

この日記に関するかぎり、蘆花はまだこの事件に関して楽観的であった。かれは成り行きによっては、最悪の場合でも、二、三名の犠牲者で事件は落着するのではないかと思っていたのである。しかし、十二名減刑の事実と同様、残り十二名の死刑もまた現実であったから、蘆花は楽観的な自分の見解の上に、ただあぐらをかいてばかりはおれなかった。

かれは、桂首相に懇意な兄の蘇峰に手紙を書いた。それには、「何卒《なにとぞ》御一考、速やかに桂総理に御忠告奉願候《ねがいたてまつりそうろう》」と書いた。しかし、兄の蘇峰は蘆花の依頼に動こうとしなかった。それには、もうどうにもならない現実の壁が迫っていたからである。

一月二十二日　美しう晴れたり　土
　一高生二名、演説をこいに来る。
　丁度、悶々命乞いの為めにもと、謀叛論と題して約したまう。
一月二十五日
　……どうしても天皇陛下に言上し奉る外はあらじ……
　ともかくも草し見んとまだうすぐらきに書院の障子あけはなち、旭日のあたたかき光のぞみて、氷の筆をいそ〳〵走らし給う。

　この時書かれたのが「天皇陛下に願い奉る」と題された一文であった。しかし、蘆花がこの一文を、朝日の中でようやく書き終えた時には、すでに十二名の生命はこの世になかった。かれらは二十四日と二十五日に分けられて、死刑の執行を受けていたのである。蘆花はその事実を、午後三時に配達された『朝日新聞』で知った。妻、愛子の日記には、その様子が次のように書かれている。

　「朝日」報ずる臨終の模様など、吾夫折々声をのみつ読み給えば、きくわが胸も、さけんばかり。無念の涙とどめあえず。吾夫、もう泣くな〳〵と、とどめ給えど其御自身も泣き給えり。
一月二十六日　晴　水

よあけ方、嗚咽《おえつ》の声にめざむ。
吾夫、夢におそわれ給うるや、と声をかけまつれば、
考えていたら可愛そうでく〳〵仕方がなくなつた！
ただ、ため息をつくのみ。

一月二十八日、蘆花はかねて約束しておいた一高の演説草稿を、この日、腹痛を押して書いた。そして二月一日、約束通り、一高で「謀叛論」と題する演説を行なった。

それはたいへんな内容の演説であった。当時一高の弁論部に関係があった河上丈太郎は、その日の思い出を次のように語っている。

「当日の会場は、第一大教場があてられていたが大へんな人気で、聴衆が演壇の上まで埋め、入場できない連中は窓にぶらさがつて聞くという盛況であつた。

いよいよ講演のはじまる直前、『演題未定』のビラをはがして『謀叛論』の本題を出した。壇上に立つた蘆花は和服に黒紋付をかさね、黒い眼鏡をかけていた。

草稿は使わなかつたと思う。

草稿にとらわれていては、あんな熱のある演説のできるわけがない。

とにかく普通の演説ではなかつた。

態度は真剣だし、論旨は深刻だし、みんなかたくなつて、息をつめて聞いていた。会場の空気は極度に緊張して、拍手するものもなければ、咳《せき》払いする者もない。いつてみれば、しずかな太古の湖水に蘆花の声だけがひびいている、という感じであつた。最後に『人格の修養である』とむすんで壇をおりたが、一生涯に二度と聞くことのできない大講演であつた。

一同は感激して蘆花を送りだしたが、足駄をはいた蘆花が夕日をあびて校門を出ていくうしろ姿が、今でも目に見えるようだ。」

この時演説された「謀叛論」と先に書かれた「天皇陛下に願い奉る」の一文は、いうまでもなく幸徳事件に関する蘆花の抗議であった。

しかし、現在、残されたこれらの資料を読むと、そこには並々でない蘆花の激しい憤りがあらわれていて、当時よくもこれだけの強い主張がなされたものと感心させられる。

この事件は、当時、文壇をはじめ、知識人に強烈なショックを与えながら、蘆花以外、ひとりの発言者も出さなかったのである。

この意味において蘆花の演説は、国家権力に対して激しい反発を示した唯一の爆弾演説といえる。

この演説後、政府は蘆花の演説を不敬演説と非難して、その責任を一高の校長、新渡戸稲造《にとべいなぞう》に押しつけ、かれを譴責《けんせき》処分にした。

現在、東京都世田谷区粕谷町にある蘆花公園には「秋水書院」といわれる建物が残っているが、これは蘆花が明治四十四年(一九一一)、幸徳秋水を記念して、わざわざ建てたものである。ここには蘆花のこの事件に対する無念さが、一つの抗議として残されている。

今も残る　秋水書院

自然の中へ

蘆花の晩年は自然の中にあった。かれは千歳村粕谷の自宅で終日、櫟《くぬぎ》や杉の林を渡る風に耳を傾け、日が昇って暖かくなると畑へ出て汗を流した。

そしてそのあいまに、かれはありし日の自己を語るために長編小説『富士』に向かっていた。大正十五年(一九二六)十二月、蘆花は『富士』第三巻の校正を終えて千葉県勝浦に遊んだ。

そこでかれは風邪をひいて心臓と腎臓をいため、翌年の二月にとうとう危篤に陥った。都下の新聞はいっせいにこのニュースを、文豪の重態として報じた。しかし、この時は奇跡的に病気が回復して、蘆花はどうにか一命だけはとりとめた。

病気が回復すると蘆花はしきりに伊香保に行きたがるようになり、とうとう七月六日、妻愛子と、医師、看護婦などにつき添われて自動車で

蘆花恒春園の一隅にある　蘆花夫妻の墓

伊香保へ向かった。

　伊香保はかれの思い出の土地である。かれは仁泉亭へはいり、今度で伊香保がちょうど十回目にあたることを知った。

　七月十七日、かれは山駕籠《やまかご》で榛名《はるな》に登った。しかしこのころから、かれの健康はだんだんあやしくなり、八月になるとむずかしくなった。九月にはいると、かれはしきりに兄の蘇峰に会いたがるようになり、九月十八日兄の蘇峰が呼ばれ、蘆花は病床に起き上がって兄を迎えた。ふたりの再会は十五年ぶりのことだった。蘆花は家人に赤飯をたかせてこれを祝った。

　その夜、蘆花の病状は急に悪化して、かれは兄の蘇峰に後事を託して永眠（享年六十歳）した。葬儀は九月二十三日、青山会館で行なわれ、来会者二千名がかれの死を悼んだ。

第二編　作品と解説

「不如帰」

不如帰　明治三十一年(一八九八)十一月から、同三十二年五月まで、蘆花が『国民新聞』に連載した処女作『不如帰《ほととぎす》』は大きな反響を世間に引き起こした。

その反響ぶりは実にすさまじく、一世を風靡《ふうび》するもので、蘆花という作家のデビューとして、ふさわしいものであった。

かれは、連日、新聞に掲載される『不如帰』の書評を読んで「嬉しいような、笑つては変なような、知らぬ振はなおできないことでもあり」といってその喜びを素直に語っている。しかし、かれがこの栄冠を獲得するまでには、長い苦しい下積みの生活があった。

蘆花が民友社にはいったのは、明治二十二年の初夏のころであり、それから数えて約十年、かれは兄の下でこつこつ雑文を書き、『国民新聞』に載せる翻訳物の仕事を続けていた。

この十年間に、蘆花がした仕事は百を越す雑文と八冊にものぼる著作であった。しかし、これらの雑文は、ほとんどが民友社のサラリーマン仕事で、八冊の著作も『ジョンブライト伝』『リチヤードコブデン』『グラッドストン伝』『歴史の片影』『名婦の鑑』『トルストイ』『青山白雲』『外交奇譚』といったもので、『青山白雲』を除けば、作家としての蘆花の仕事ではなかった。

明治三十一年の三月、蘆花は、『国民新聞』に発表した、「此頃《このごろ》の富士の曙」の好評に勇気を得て、十年間の原稿を整理し、『青山白雲』を刊行した。

この作品集は、蘆花の才能を、かれ自身が世に問うたもので、かれの期待の書であった。ところが、この作品集は、かれの期待を裏切って、なんの反響ももたらさなかった。そればかりでなく、かれがせっかく「此頃の富士の曙」で築いた自信さえあやしいものにし、作家としての才能をも疑わせる結果をまねいた。

この年四月、かれが蕪村《ぶそん》句集をふところに、ひとり旅に出たのはそのためであった。こうした日々は、蘆花にとって苦しい日々であった。

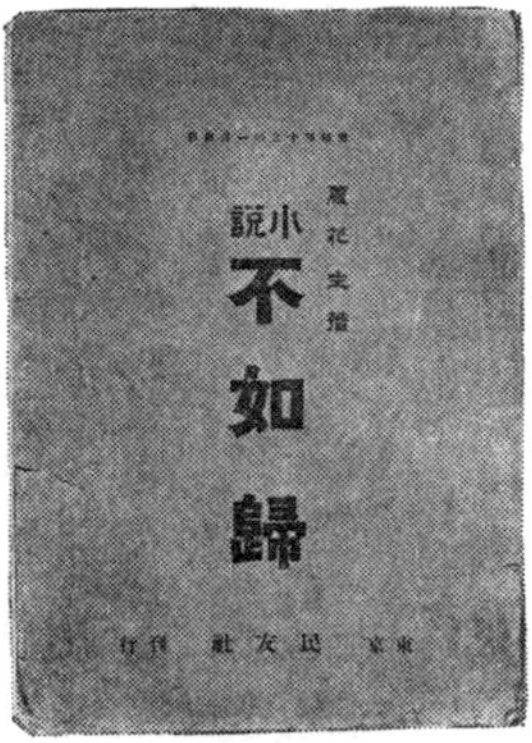
『不如帰』初版本表紙

そうしたある日、蘆花は偶然、大山巌《いわお》大将の副官、福家《ふけ》中佐の未亡人安子から次のような話を聞かされた。

ある未亡人の話

福家《ふけ》中佐の未亡人安子の話は、大山巌大将の長女信子に関する悲しい話であった。蘆花はこれを逗子の柳屋で妻の愛子といっしょに聞いた。

彼女の話は、はじめ大山巌大将の副官であった良人の話にはじま

浪子のモデルとなった
大山大将の娘　信子

った。彼女によると、福家中佐は大山大将の信任があつく、そのため一家は、永田町の官邸や青山の私邸に、ほとんど大山一家と同居するような形で生活していた。そこで彼女は大山家の内情に詳しく、特に美しい長女信子については強い関心を持っていた。信子は、彼女の話すところによると、色が白く、全体に大柄な感じの美しい女性であった。信子は十七歳の時、海軍大臣西郷従道《つぐみち》夫妻の媒妁《ばいしゃく》で、アメリカ帰りの子爵、三島弥太郎と結婚した。

三島弥太郎は、当時警視総監として有名であった三島通庸《みちつね》の長男で、前途有望な二十七歳の青年であった。

ふたりは愛し合い、幸福な新婚家庭を持った。ところが新婚生活二カ月目が過ぎるころから、信子が、肺結核に感染してしまい急に咳《せき》込むようになった。そして悲劇はここからはじまったという。

三島弥太郎の母、わか子はこの信子の様子を見て、急につらくあたるようになり、むすこのいないところで彼女をいじめるようになった。

わか子は、信子に離縁を迫り、ことあるごとに病床に伏す嫁にいやみをいった。しかし、信子は愛する夫と生活を続けるために、歯をくいしばってこの苦難に耐えていた。彼女は、夫の弥太郎といっしょに生活できるのなら、どんな苦しい境遇にも耐えてゆこうと決心していたのである。

ところが、この彼女の決心にもかかわらず、彼女は結婚七ヵ月目になんの前ぶれもなしに、一方的に離婚させられてしまった。もちろん、夫の弥太郎も知らなかった。すべては、母のわか子によって、事が運ばれていたのである。愛するふたりは、生木をさくようにして離別させられた。信子は、実家の大山家に引き取られ、それから三年後の明治二十九年(一八九六)の五月に息をひきとった。

彼女はその時、

「あゝ、辛《つら》い！　辛い！　最早《もう》――最早《もう》、婦人《おんな》なんぞに――生まれはしませんよ。」

と叫んだという。未亡人安子は大山大将の娘、信子の短い生涯をこのように語った。

蘆花はこの話を聞いてさっそく小説を書こうと思った。

小説とモデル　小説は多かれ少なかれ、作者の体験の中に描きだされるもので、登場人物や、展開される事件にはモデルを持っているものが少なくない。

蘆花の小説『不如帰《ほととぎす》』も、またその例外でなく、その主要人物はほとんど実在の人物であった。たとえば主人公の浪子は大山信子であり、川島武男は三島弥太郎、川島未亡人は三島わか子、片岡陸軍中将は大山巌大将、片岡夫人繁子は大山捨松夫人といったぐあいである。そして事件の展開も福家未亡人の哀話を忠実に再現したものであった。

ところが事実は、この小説『不如帰』と少し違ったものであったらしい。「蘆花全集」(新潮社版)の編集主任、沖野岩三郎氏によれば次のようである。すなわち、浪子のモデルであった大山信子の離婚は、小説とは逆で、離婚話は大山家から三島家へ持ち込まれ、しかも三島家は最初、これを拒んだというのである。しかし、大山家は、信子の病が三島家に災《わざわ》いをもたらすことを心配して強く離婚を主張し、明治二十六年七月、信子を実家に引き取った。これが沖野氏の調査の結果である。

事実は小説『不如帰』のように、川島未亡人が浪子を追い出したのではなかった。

ほかにこの沖野氏の調査を裏づけるものとして、川島未亡人のモデル三島わか子を弁護する記事が『婦女界』記者の名で「落穂」に次のように紹介されている。

「浪子の姑《しゅうと》となる三島氏母堂わか子刀自《とじ》は、鹿児島県士族柴山権介氏の女です。

生来、曲つたこと不正なことに対しては寸毫《すんごう》も容赦《ようしゃ》をしない代わりに、正しい事に対しては心底を投出して同情もし、助けもすると云う正邪の区別をはっきりと立てる人で、その上、良人通庸氏の感化もありましようが、女には珍らしい峻烈《しゅんれつ》な気性の人で周囲のものが、万一不都合なことでもすれば、声を励まして、これを懲らしめるという風ですから、母堂をよく知らない人は『まあ！ 恐ろしい怖わい人だ！』と、こう思つてしまうのです。

もう一つ、母堂には損なことがあります。それは鹿児島言葉です。

鹿児島言葉を知らぬ他郷の人から見ると、母堂の言葉のきゝようが怖ろしいから、一度で怖れを抱いてしまいます。

つまり元来《がんらい》が誤られ易い言い方なので鹿児島の人がきけば何でもないことが、他郷のものにはひどく怖ろしく聞えるのです。……

……………………………………………………………………………………

こうした母堂と信子嬢のお付であつた東京者のお新が一ヵ月余り見せつけられたのですから、お新にとつて或は母堂の人となりが、誤り伝えられたかも知れません。」

そして、三島わか子は『不如帰』の舞台を見て、

「おいどんは、あんなでもごわせんよ。」

と泣いたという。

こうしてみると、どうやら蘆花は、沖野氏の調査したような事実はどうも知らなかったらしい。かれは福家末亡人の話に感動し、それをそのまま小説化したらしいのである。

蘆花にとって、最も重要であったのは信子の「最早《もう》——最早、婦人《おんな》なんぞに——生まれはしませんよ」という叫びであったろう。

蘆花はこの一片のことばから、この小説を書いたといえる。

この『不如帰』の例からも理解できるように、小説のモデルはつまるところモデルでしかありえない。わ

れわれは、小説の世界と実際の世界を混同しないように注意する必要があろう。

あらすじ　上州伊香保は名高い温泉地である。片岡陸軍中将の娘浪子は海軍少尉川島武男と結婚し、この温泉地にやってきた。ふたりのあいだはあたたかい愛情で結ばれ、申し分のないものであった。

彼女は幸福につつまれて、春の夕日に染まる日光、足尾の連山をながめていた。山歩きに出かけた夫の武男を待つためである。そこへ武男が帰ってきた。

「『やあ、くたびれた、くたびれた。』

玄関に出向えた妻と婆《ばあ》やに武男は一寸と、会釈して、提燈《ちょうちん》を持っている若い男に山で嫡《つ》んできた草花の束を手渡した。

『まあ、奇麗！』

『本当にまあ、奇麗なつつじでございますこと、旦那様、どちらで御採り遊ばしました？』

『奇麗だろう。そら黄色いやつもある、葉が石楠《しゃくなげ》に似とるだろう。明朝《あす》、浪さんに活《い》けて貰おうと思つて折つて来たんだ。……』

『本当に旦那様は御活発でいらつしやること！どうしても軍人の御方様は御違い遊ばしますねェ、奥様。』

浪子は黙つて夫の脱いだ外套に接吻して、そつと姥に微笑《ほほえみ》を返した。」

やがて楽しい夕食がはじまり、武男は妻の浪子に、今日、一日の山歩きを話す。浪子はその話を聞く。

「『そんなにお歩き遊ばしたの？』

『しかし相馬が嶽の眺望は好かつたよ。

浪さんに見せたい位だ。

一方は茫々たる平原さ、利根が遙に流れてね。一方はいわゆる山、また山さ、その上から富士がちよつぽりのぞいているなんぞは、すこぶる妙だ。歌でも詠めたら一つ人麿と腕比べをしてやるところだつた。

あはゝゝゝ。

そら、もう一つお代りだ。』

『そんなに景色がようございますの。

行つて見とうございましたこと！』

『ふゝゝゝ、浪さんが上れたら金鵄勲章をあげるよ。そりや、ひどい山だ。

金鎖《かなぐさり》が十本も下つているのをつたつて上るのだからね。

僕なんざ、江田島で鍛《きた》えあげた体で、今でもすはというと、マストでも綱でもぶら下る男だから何でもないがね、浪さんなんざ東京の土踏んだ事もあるまい。』

『まあ、あんなことを——これでも学校では体操もいたしましたし——』

『ふゝゝ、華族女学校の体操ぢや仕方がない。

そう〱、いつだつけ、参観に行つたら琴だか何だかコロン〱鳴つてて、一方で〃地球の上に国という国は〃何とか歌うと、みんなが扇を持つて立つたり、しやがんだり、ぐるり廻つたりしとるから、踊のさらいかと思つたら、あれが体操さ！　あはゝゝゝ。』

『まあ。お口がお悪い！』

『そう〱、あの時、山本の女《むすめ》と並んで、垂髪《おさげ》に結つて、ありや、何といつたつけ、ブドウ色の袴はいて澄《すま》して踊つていたのは、たしか浪さんだつけ。』

『ほゝゝゝ、あんなことを！

あの山本さんを御存じでいらつしやいますの？』

『山本はうちの亡父《おやじ》が世話したんで、今に出入りしとるのさ。

はゝゝゝ、浪さんが敗北したもんだから黙つてしまつたね。』

『あんなこと！』

『おほゝゝ、そんなに御夫婦喧嘩を遊ばしちやいけません。

ささ、お仲直りの御茶でございますよ。ほゝゝ。』

あくる日、武男は、昨夜話をした美しい高原へ浪子を連れてゆく。浪子は優しい夫の膝に手をかけて、

「いつまでも、こうしていとうございます」とつぶやく。

高原の青い空には黄色い二つの蝶が舞っていた。しかしふたりの幸福はここまでであった。浪子はいつのころからともなく咳込むようになり、肺病に胸を冒されてしまう。

このころから武男の従兄、千々岩《ちぢわ》安彦《やすひこ》が、川島家に出はいりするようになり、武男の母に、浪子の恐ろしい病気の話をするようになる。千々岩は武男の母に浪子の肺病がやがて武男に伝染して、川島家が断絶の危機にみまわれるだろうと告げるのである。

未亡人の彼女にとってこのことばは恐ろしいことばであった。彼女は武男の反対も聞き入れず、かれが遠洋航海中に浪子を離婚してしまう。しかし、ふたりの愛情は消えず、武男が日清戦争に参戦して負傷し、佐世保に後送されると、そこへ無名の慰問小包がどこからともなく届くのであった。

そうするうちに、日清戦争も終わり、片岡中将が遼東半島から凱旋してくる。

中将は病床に伏す、かわいそうな娘のために関西旅行を計画し、かの女を京都や奈良へ連れだす。その帰途、浪子は、偶然山科《やましな》駅ですれちがった列車の窓に武男の姿を発見し、「狂せる如く」ハンカチを振る。そして、これがふたりの最後のめぐり会いであった。

まもなく浪子は、家族にみとられながら、

「あゝ、辛い！　辛い！

最早《もう》――最早、婦人《おんな》なんぞに――生まれはしませんよ。」

という叫びを残して死ぬのである。

不如帰の世界

『不如帰』は蘆花夫婦が明治三十一年の夏、伊豆の逗子において大山元帥の副官をしていた福家《ふけ》中佐の未亡人安子から聞いた哀話をもとにして書かれた小説である。「見ぬものは写せず、知らぬ事はいえず、感ぜぬ事は書けぬ」という小説家の蘆花にとって、この話は格好の材料であった。かれは、この話に感動して「これは、小説だ」と叫び、りっぱな小説を書くことを決心した。そのことを妻の愛子に話すと、彼女も喜んで賛成した。ふたりはいろいろ相談した結果、ヒロインの信子には、ふたりが自分たちの子どもの名に用意していた「浪子」という名をつけることにした。そして小説の冒頭には、先に、ふたりが結婚記念に遊んだ伊香保の風景を持ってくることにした。

こうして『不如帰』はこの年の十一月二十九日の『国民新聞』から連載されることになった。連載されると『不如帰』の評判はよく、それは日がたつにつれてしだいに大きなものになっていった。

蘆花は自伝小説『富士』の第十七章、「不如帰」の中で、

「二月に入ると、ぽつ〳〵小説の反響があつた。気むづかしやで、何でも難癖《なんくせ》つけたがる日本新聞が、二号に渉《わた》つて懇篤《こんとく》な紹介をしてくれたは、よくよくの子細がなくては叶《かな》はなかつた。」

と語り、

「小悲劇に大舞台を持ち込んだ海戦描写をほめ、ほととぎすよ、盛んに鳴いてくれ、また、こんなのでも

よい、違つたのでもよい、と著者の前途を祝した。」

と書いている。

さらに『大阪朝日』は、「同情が普遍なのが成功の要素」と解説し、『東京日々新聞』は、『不如帰』の文体をとらえて、

「文章でなくて音楽である。

その節奏に触るる者、さん然として泣き、粛然として自己を忘れる。

殊に叙景の高雅は他に比を見ない。」

と紹介した。

『不如帰』はこうした大新聞の好意的な書評をバックに大きな拍手で世に迎えられた。浪子と武男は、人人の日常会話の中に、いつのまにか持ち出されるようになり、特に若い男女のあいだでは、一種の流行語にさえなった。

『基督教世界』は『不如帰』における蘆花を、「愛を書いて愚に到らず」と激賞し、一方では、青年雑誌の『文庫』が海戦場面を、「快の一也、快の二也」と快を五つまで書き連ねてこの作品をたたえた。

こうした『不如帰』の成功は、明治文壇においても破天荒な部類に属するもので、ほとんど同時に書かれた尾崎紅葉の『金色夜叉《こんじきやしゃ》』と肩を並べるものであった。

この二つの作品はいろいろな点でいくつかの共通点を持っている。その一つに読者の幅広い共感があり、

黒田清輝の描いた
ヒロイン浪子

主題に若い男女の悲恋を持ってきていることである。両作品とも多分に通俗的な要素を事件の展開にからませ、しかもその中に、かく生きなければならなかった明治の女の悲しい運命をとらえていることである。

『不如帰』についていえば、浪子の離婚を強制した「家」は、当時の封建道徳の根源ともいえるものであった。浪子はこの「家」のために、川島家を追われ、愛する夫を奪われ、死に追い込まれたのである。

彼女が死によって、また「最早《もう》、婦人《おんな》なんぞに——生まれはしませんよ」と叫んだのは、こうした封建的な「家」からの解放を願ってのことであった。

そして、この悲しい運命は、多かれ少なかれ、明治の女性に共通する宿命である。

蘆花の作品『不如帰』が大評判となり流行の波に乗って劇化され、映画化され、黒田清輝の絵となり、詩となっていった背景には、こうした明治の女性の大きな共鳴があったのである。

「灰燼」

小説「灰燼《かいじん》」は『不如帰』の好評に気をよくした蘆花が、『不如帰』と同じような手法によって明治三十三年(一九〇〇)三月、『国民新聞』に連載した短編小説の佳品である。

西南戦争

蘆花はこの作品を『不如帰』に比べて短いということもあって、さして苦労することなく書きあげている。小説「灰燼」の構想は、かれが幼少のころに体験した西南戦争からとられている。西南戦争は、明治十年(一八七七)、かれが十歳の時に九州に起こった戦争で、当時、子どもであったかれはこの戦争の持つ意味や、この戦争がもたらした悲劇を知らなかった。

しかし、時がたつにつれて、かれは周囲の人々から、戦争のもたらしたおびただしい悲劇を聞くようになった。悲劇の数多くは士族の没落にあった。

その中に、家門を守るために犠牲となり、切腹をして果てた若い青年の話があった。青年は「おらが、西郷どん」を尊敬する士族の次男であった。

蘆花はこの話に強く感動し、特にこの青年が切腹のまぎわに「阿母《おっかさん》、あなたも」ということばを残していった話には胸をうたれた。

蘆花は「灰燼」を書きあげた後、この話がいつごろ、自分に話されたか記憶にないといっている。かれの記憶に残っていたのは、「阿母《おっかさん》、あなたも」という青年の叫びだけであった。この創作態度は『不如帰』の創作態度と著しく共通している。

あらすじ

明治十年(一八七七)九州鹿児島に、西南戦争ののろしがあがると、主人公の上田茂は、反対する親、兄弟を振り切って、西郷隆盛の軍に馳せ参じ、勇敢に官軍と戦った。

しかし、西郷軍ははじめこそ優勢であったが、しだいに五万を越える官軍の優秀な火器に追いつめられて、九月四日、とうとう城山で敗戦してしまう。

勝てば官軍、負ければ賊軍である。西郷軍は賊軍の汚名を着せられ、激しい官軍の掃討を受けて、ひとり、ふたりと死んでいった。そうした中で、茂はどうにか官軍の追撃をのがれ、中津川の家に帰ることができた。

ところが上田家は当時、「上田様には及びもないが、せめてなりたや殿様に」といわれるほどの家柄であったため、賊軍となったかれをもはや受け入れようとしなかった。

茂は兄の猛から、家名を守るために切腹を命ぜられる。

この命令には兄の卑しい野心がひそんでいた。兄は家名を守ることを口実に弟の命を絶って、上田の屋敷いっさいと弟の許婚者《いいなずけ》のお菊を手に入れようと考えていたのである。

しかし、家名の前には、茂も兄に対して何もいうことができなかった。かれはなんとかして生きたいと思い、本能的にその救いを母親に求めた。ところが母親にも兄の手がまわっていて、この悲しい子どもの命を救うことができなかった。母親もまたこの上田家を守らねばならない義務を背負わされていたのである。

母親は心を鬼にして茂の嘆願を拒絶する。

「『茂——勘忍してお呉《く》れ。』

『阿母《おつかさん》あなたも？』

茂はさし俯《うつむ》きつ。やゝありて、

『可愛《かわい》が獄で死ぬのだつた！』

突《つ》と立つて床の間の短刀取るより早く座に返へつて、

『御免——』

刀光きらり、腹を劈《つんざ》けば、紅の血颯《さつ》と行燈《あんどん》にしぶきつ。」

主人公、茂は母のことばにすべてをあきらめた。かれは信じる人に裏切られたのである。この上、生きることはできなかった。

そして、小説はいっきに破滅に向かって進む。

「『——悪かつた。わたしが悪かつた。茂、勘忍してお呉れ。茂、茂、茂——最早《もう》其様《そん》な顔をせずに——おゝ、怖い、怖い——何、何、何、〝阿母《おつかさん》あなたも〟ツて？　おゝ〝阿母《おつかさん》、あなたも〟、〝阿母《おつかさん》、あなたも〃——尤《もつとも》ぢや、悪かつた、母《おつかさん》が悪かつた。皆《みんな》わたしが悪かつた——お〻闇《くら》い、闇い、闇い！　茂が追つて来る、助けて、助けて——』

叫び〳〵走《は》せまわる。はづみに袂は行燈にか〻りて横になれば、火は爆《ぱつ》と燃へ立つて、忽《たちま》ちにうつる障子。白紙を舐むる紅《くれない》の舌ちよろ〳〵と瞬く間《ひま》に燃へ広がりて、赫々《かくかく》と照り渡つたる一室《ひとま》の内《うち》。恍惚《うつとり》と眺めたる母は、忽ち手を拍つて、

『ほ〻〻、明るい、明るい。茂、茂、茂、最早《もう》勘忍してお呉れか。何、未《ま》だ〃阿母《おつかさん》、あなたも〃ッて？　よ、よ、勘忍《かに》してお呉れ、阿母《おつかさん》が乳呑むだ昔の茂になつてお呉れ。ほ〻〻、明るい、明るい。さ、茂、爆竹《どんどや》をしましやう、爆竹を』」

こうして宏大な上田の館は一夜にして「灰燼」に帰してしまうのである。

そして、この夜、茂の婚約者、お菊も茂の墓前で自殺し、物語は終わる。

灰燼の世界

小説「灰燼」は前年度に書かれた小説『不如帰』と同じ主題を追った作品である。蘆花はこの中で、前作と同様、非人間的な封建道徳に対して激しい怒りを燃やし、「家」という封建道徳のとりでに痛烈な非難の矢を向けている。しかし、この二作『不如帰』と「灰燼」とを比べてみると、そこには問題の扱いに微妙な差が発見される。つまり封建的な「家」に対する蘆花の文学的な態度が『不如帰』と「灰燼」ではいささか違うのである。

『不如帰』の場合、蘆花は浪子の悲しい運命を描いて、封建的な「家」の存在を読者に知らせながらも「家」そのものに対しては、これを黙認する形をとっている。

つまり、嫁いびりの姑《しゅうと》の話を蘆花は書いたのである。ところが、これが「灰燼」になると、そうでなく、上田の「家」は、かれによって否定されてしまう。蘆花はいったん浪子の場合と同様、茂の死によって上田の「家」を守りながら、最後に劇的な火事によって旧制度を葬り去るのである。ここには蘆花の封建制度に対する一歩前進した積極的な姿勢が見える。

かれは「灰燼」ではっきり「家」の存在を否定することによって『不如帰』で曖昧《あいまい》にした「家」の存在に一つの回答を与えたのである。そして、それはそのまま、蘆花自身の実生活でもあった。

かれは、徳富家の三男に生まれ、生まれた時から、長男の蘇峰とは問題にならない差別待遇を受け、封建的な「家」の不合理さを身をもって体験していた。

そのため、かれにとって「家」の否定は、自己の解放につながるものであった。

蘆花が、その実生活において『不如帰』や「灰燼」を境に、兄の蘇峰に反抗するようになったのには、こうした思想的なバックが大きく働いていたのである。

自然と人生

『自然と人生』は『不如帰』の成功に気をよくした蘆花が、この年まで書きためていた数数の散文を集めて発表した小品集である。

美しい散文詩

この中には先に紹介した短編小説「灰燼」や兄との喧嘩を引き起こした問題の「風景画家コロオ」等が含まれているほかは、すべて散文詩ともいえる短い作品ばかりである。

この散文詩は全部で八十七編あり、そのいずれもが明治二十三年(一八九〇)から三十三年(一九〇〇)のあいだに書かれたものである。そして、その一部分は『国民之友』や『国民新聞』に掲載されていたが、大半は未発表の文章であった。

散文八十七編は「自然に対する五分時」「写生帳」「湘南雑筆」の表題に分けられ、この中で中心をなしているのは「湘南雑筆」である。「湘南雑筆」は明治三十二年一月一日から、まる一年間、かれが一日も休まずに書きつづった「自然の日記」ともいえる作品である。この日記は前の年にかれが書いた「此頃《このごろ》の富士の曙」の好評によって書かれたものといわれている。

これらの散文詩は、どれも、ダイナミックな色彩感があふれていて、蘆花独自の自然に対する眼が見られる。

蘆花が発表当時、ロマンチックな自然の発見者、自然詩人と呼ばれたのも、こうしたかれの的確な自然の把握にあった。

その意味で蘆花は自然を見る新しい眼を明治の読者に植えつけたといってよい。

蘆花以前の自然描写は、どちらかといえば伝統的な、ありきたりの美文や韻文にもたれかかったものが多く、落合直文や大町桂月の書く自然には擬古典的な自然観が根強かった。

蘆花はこうした殻を破って自己の感覚による自然の写生に成功した。その原因は、明治二十九年ごろから、かれが熱中した水彩画の写生にあったという。

『自然と人生』 初版本表紙

蘆花はそれについて次のようにいっている。

「天は吾為に斯《か》く宏大なる自然と人の巻を開きたるに、余は眼を閉じて自家の芸語《げいご》に耽《ふけ》りしなり。

二年の画学修業は余が眼を開きぬ。」

こうして獲得された蘆花の自然描写は、独歩の『武蔵野』とともに人口に膾炙《かいしゃ》し、明治大正の文章に大きな影響を与えた。

自然に対する五分時　「自然に対する五分時」は、散文詩人としての蘆花を最もよく示す作品である。この中には、有名な「此頃の富士の曙」をはじめ、「相模灘の落日」「雑木林」「凩」「朝霜」「富士の倒影」等二十九編の風景描写が手ぎわよく描きだされている。

まず冒頭を飾るにふさわしい佳編「此頃の富士の曙」を読んでみよう。

「心あらん人に見せたきは此頃の富士の曙《あけぼの》。

午前六時過《すぎ》、試みに逗子の浜に立つて望め。

眼前には水蒸気渦まく相模灘を見ん。

灘の果てには、水平線に沿うて、ほの闇《くら》き藍色を見ん。

若し其の北端に同じ藍色の富士を見ずば、諸君恐らくは、足柄・箱根・伊豆の連山の其の藍色一抹《いちまつ》の中《うち》に潜《ひそ》むを知らざる可し。

海も山も未だ睡《ねむ》れるなり。

唯一抹、薔薇色《しょうびいろ》の光あり。富士の巓《いただき》を距《さ》る弓杖許《ばか》りにして、横に棚曳《たなび》く。

寒を忍びて、暫《しばら》く立ちて見よ。

諸君は其の薔薇色の光の、一秒、一秒、富士の巓に向つて這い下るを認む可し。

丈《じょう》、五尺、三尺、尺、而《しか》して寸。

富士は今睡《ねむり》より醒めんとするなり。

今醒めぬ。

見よ、嶺《みね》の東の一角《かく》、薔薇色になりしを。請《こ》う、瞬《また》かずして見よ。

今、富士の巓《いただき》にかゝりし紅霞《こうか》は、見るが内に富士の暁《あかつき》、闇を追い下し行くなり。

一分、――二分――、肩――、胸。

見よ、天辺に立つ珊瑚の富士を。

桃色に匂う雲の膚、山は透《す》き徹《とお》らんとするなり。

富士は薄紅《うすくれない》に醒めぬ。

請う眼を下に移せ。

紅霞《こうか》は已《すで》に最北なる大山の頭にかゝりぬ。

早や足柄に及びぬ。箱根に移りぬ。

見よ、闇を追い行く曙《あけぼの》の足の迅《はや》さを。

紅追《こうお》い、藍奔《らんはし》りて、伊豆の連山、既《すで》に桃色に染りぬ。

紅なる曙の足、伊豆山脈の南端、天城山を超ゆる時は、請う、眼を返して富士の下を望め、
紫匂う江の島のあたりに、忽然《こつぜん》として、二、三の金帆《きんはん》の閃《ひらめ》くを見ん。

海、既《すで》に醒めたるなり。

諸君若し倦まずして、猶《なお》たたずまば、頓《やが》て江の島に対《むか》う腰越《こしごえ》の岬、赫《かく》として醒むるを見ん。

次《つい》で小坪の岬に及ぶを見ん。更に立ちて、諸君が影の長く前に落つる頃に到らば、相模灘の水蒸気漸《やうや》く収《をさ》まりて、海光一碧《かいこういっぺき》、鏡の如くなるを見ん。

此時、眼を挙げて見よ。群山紅褪《ぐんざんこうあせ》て、空は卵黄より上りて、極めて薄き普魯士《ぷるし》亜藍《あんぶるう》色となり、白雪の富士高く晴空に倚《よ》るを見ん。あゝ、心あらん人に見せたきは此頃の富士の曙。」

一読すればこの散文には、ある力強い原始的なエネルギーがこめられているのが読み取れるであろう。刻、一刻、力強く、厳冬の相模灘に雄姿を現わしてくる富士はたとえようもなく美しく、これは散文による一種の天然色記録映画といえる鮮明さを持っている。

「見よ」と叫ぶ、詩人の呼びかけ、一転して「請う」と嘆願しなければならない詩人の心。

この情熱的な二つの呼びかけは、読む人を、知らず知らずのうちに、早朝の逗子の海岸に立たせる一種の魔法のことばである。

われわれは、このことばにしたがい、神秘的な自然の中に静かに身を横たえればよいであろう。

「大河」は川に対する人間の感情をつづったものである。その終わりには、次のようなことばが書かれている。

「永遠の二字は、海よりも寧《むし》ろ、大河の滸《ほと》りにあると思う。」

蘆花の鋭い感受性を示したことばである。

「大海の出日」は蘆花が明治二十九年十一月に銚子、犬吠崎《いぬぼうざき》へ旅行した時の印象から書かれたものである。

この旅行は、当時ノイローゼの発作で苦しんでいた蘆花が、ようやく年も押し迫って、健康をとりもどし、その保養を目的としてなされたものであった。それだけに「大海の出日」には「此頃の富士の曙」とは異なった蘆花の澄みきった精神が浮かんでいる。

「枕を撼《うご》かす濤声《とうせい》に夢を破られ、起《た》つて戸を開きぬ。時は明治二十九年十一月四日の早暁、場所は銚子の水明楼にして楼下は直《ただち》に太平洋なり。

午前四時過ぎにもやあらん。海上猶《なお》ほの闇《くら》く、波の音のみ高し。

東の空を望めば、水平線に沿うて燻《くすぶ》りたる樺色《かばいろ》の横たうあり。上りては濃き普魯士亜藍《ぷるしあんぶるう》色の空となり、ここに一痕《いっこん》の弦月ありて黄色の弓を掛《か》く。光さやかにして、宛《さなが》ら東瀛《とうえい》を鎮するに似たり、左手《ゆんで》に黒くさし出でたるは犬吠岬なり、岬端《こうたん》の燈台には回転燈ありて、陸より海にかけて連《しきり》に白光の環を描きぬ。……」

「相模灘の落日」は「此頃の富士の曙」と同じ場所に立って、蘆花が美しい落日を描いたものである。ここには、一刻、一刻、光を減じてゆく夕日が、富士の変貌とともに巧みにとらえられている。その変貌はことにすばらしく、蘆花に心ゆくまでの満足を与える。蘆花はその至福の中で、次のようにつぶやく。

「秋冬風全《まった》く凪《な》ぎ、天に一片の雲なき夕《ゆうべ》、立つて伊豆の山に落つる日を望むに、世に斯《か》かる平和のまた多かる可しとも思われず、日の山に落ちかゝりてより、其《その》、全く沈み終るまで三分時を要す。

初め日の西に傾くや、富士を初め相豆《そうず》の連山は煙の如く薄し。

日は所謂白日《いわゆるはくじつ》、白光爛《らん》々として眩《まぶ》しきに、山も眼を細うせるにや。
日更に傾くや、富士を初め相豆《そうず》の連山次第に紫になるなり。
日更に傾くや、富士を相豆の連山紫の肌に金煙を帯ぶ……」
そして、蘆花は、その終わりをいかにも蘆花らしく「日の落ちたる後は……明日の日の出を約するが如きを見るなり」と結んでいる。

「雑木林」は当時の東京郊外であった渋谷村あたりの雑木林を題材にして書かれたものである。当時の渋谷村はまだ「市街ともつかず、宿駅ともつかず」といった場所で、松や楢《なら》・櫟《くぬぎ》・栗などの木がたくさんあるところであった。

雑木林は渋谷村から西の方角にひろがり、ある所は雑木になり、ある所は林になっていて、武蔵野と呼ばれるのがこれである。

『武蔵野』は独歩によって明治三十一年(一八九八)、「今の武蔵野」と題して『国民之友』に発表され、後に民友社から『武蔵野』と改題して刊行された随筆集である。

この中で独歩は、自然の中に「永遠の呼吸」を発見しようとして細かい武蔵野の観察を試みている。
「日は富士の背に落ちんとして未だ全く落ちず、富士の中腹に群《むら》がる雲は黄金色に染て、見るがうちに様々の形に変ずる。

連山の頂は白銀の鎖の様な雪が次第に遠く北に走て、終《つい》は暗憺《あんたん》たる雲のうちに没してしまう。日が落ちる、野は風が強く吹く、林は鳴る、武蔵野は暮《く》れんとする。寒さが身に泌《し》む、其時は路をいそぎ玉へ、顧みて思わず新月が枯林の梢の横に寒い光を放ているのを見る。風が今にも梢から月を吹き落しそうである。突然又た野に出る。君は其時、

山は暮れ野は黄昏《たそがれ》の薄《すすき》かな

の名句を思いだすだろう。」

これが独歩の描いた武蔵野である。蘆花の「雑木林」と比較してみることにしよう。

「余は斯《こ》の雑木林を愛す。

木は楢《なら》、櫟《くぬぎ》、榛《はん》、栗、櫨《はじ》など……

稀に赤松黒松の挺然《ていぜん》林より秀《ひい》でゝ翠蓋《すいがい》を碧空に翳《かざ》すあり。

初茸《はったけ》の時候には、林を縁どる萩薄《はぎすすき》穂に出で女郎花《おみなえし》、苅萱《かるかや》林中に乱れて、自然はここに七草の園を作れり。

月あるも可《か》、月なきも可、風露の夜、此等《これら》の林のほとりを過ぎよ。

松虫、鈴虫、轡虫《くつわむし》、きりぎりす、虫という虫の音、雨の如く流るゝを聞かん。

おのづから虫籠《かご》となれるも妙なり。」

明治の自然文学を代表するふたりの作家の文章がこれである。実によく似た文章である。この二つを比較することは困難であるといえよう。なぜならこのふたりの作家の自然に対する心は一つであったからである。

ふたりは自然と一体になることを願い、自然と呼吸することを心がけた。蘆花と独歩は多くを語らない友だち同士であった。ふたりは自然の美しい世界をあいだにはさんでいつもふたりだけの静かな会話を楽しんでいた。それは自然に対して沈黙することによってなされた。ふたりはいつも武蔵野の奥深くじっと耳を傾けていた。

「朝霜」は簡潔な文章によって、厳冬のイメージを蘆花が巧みに伝えた作品である。この中には、早朝の霜の降りた田で、藁《わら》を焼く農夫の姿が印象的にとらえられている。その光景はこの作品の中で実に効果的な役割を見せて、後年の蘆花の田園生活への道を示しているように思われる。

写生帖

「写生帖」は蘆花の創作ノートである。全部で十一編からなっていて、いずれも短く、文学作品とはいえない未熟なものばかりである。

「哀音」は、その中でも一応、蘆花らしい作品といえばいえるものである。内容は静かな夜に聞こえてくる門《かど》づけの三味《しゃみ》の音《ね》を美しくたたえたもので、音に敏感な蘆花の一面をのぞかせている。しかし、文章にはかれが自然を描いた時のような自由さがなく、ただ詠嘆だけに終わってしまっている。

「可憐児《かれんじ》」は小説『黒潮《こくちょう》』の中に出てくる喜多川伯爵夫人の子どもの覚え書きと思われる作品である。おそらく、蘆花はこの「可憐児」のイメージを『黒潮』に投入して、主人公 東 晋《あずますすむ》の婚約者となる、喜多川道子を書こうとしたのであろう。

「兄弟」は、兄と弟の醜い争いを書いた作品である。これを読むと、蘆花が当時、どんなに激しい感情を兄の蘇峰に対していだいていたかがよくわかる。

「断崖」は友情の中に一瞬芽ばえた人間の恐ろしさを描いた作品で、この作品の中には蘆花らしくないニヒルな面が見られ、下積み時代の鬱屈したかれの精神がのぞいている。

湘南雑筆

「湘南雑筆」は逗子における蘆花の自然描写の日記である。蘆花は明治三十二年一月一日から、逗子の自然をノートに記録することをはじめ、この年、一日もそれを休まなかった。そして、そのノートをもとにして書かれたのがこの作品である。

「湘南雑筆」は蘆花の目から見た逗子の一年間である。その中には四季折々の微妙な変化が力強く簡潔にとらえられていて、自然に対する蘆花の深い愛情が示されている。

四季の変化を中心にしてこの作品を見ることにしよう。

二月一日　初午

初午の太鼓、鼕々《とうとう》たり。
梅花は已《すで》に六七分、麦は未だ二三寸。

二月二十三日　初春の雨
梅花は香を漬《ひた》し、椿は紅を流す。麦の緑も湿《うるお》いて山の碧煙《みどりけむ》れり。

三月三日　三月の節句
麦緑ますく濃《こま》やかに、菜の花も咲き初め、田の畔の野茨《のいばら》も簇々《ぞくぞく》芽を吐きぬ。

三月十八日　彼岸
梅花歴乱として麦緑已に茎をなしぬ。
菜花盛となり、椿はぽたりく落ちくて地も紅なり。

これらの描写を見ると蘆花が時間的な風景の移り変わりに敏感な反応を示しているのがわかる。かれが、「此頃の富士の曙」や「相模灘の落日」で獲得した自然描写の方法がここでも有効に使われているのである。この方法は、蘆花の自然描写の大きな特徴で、四季にさまざまな変化を示す日本の自然によくマッチした方法といえよう。

六月十三日　夕山の百合

麦刈られて、緑樹の村いよいよ暗し。
其處《そこ》にも、此處《ここ》にも、麦わら焼く煙立のぼる。

七月十日　夏

梅雨晴れて、まさしく夏となりぬ。
今日初めて蜩《ひぐらし》の声を後山に聞きぬ。
一声さやかにして銀鈴を振れる如し。

八月八日　立秋

秋今日立つ。
芙蓉咲き、法師蟬鳴く。
赫々として日熱するも、秋思已に天地に入りぬ。

八月二十八日　夏去り秋来る

女郎花《おみなえし》咲き、柿の実ほのかに黄ばみ甘藷次第に甘し。
つくつくぼうしは昼に、松虫、鈴虫は夜に共に秋を語る。
栗、稲、蘆の穂のさわさわいう音を聞け。

九月二十三日

朝起き外に出づれば白露地に満つ……

日入りぬ。無花果《いちじく》の葉陰暗くなりて芙蓉の花も夕と共に凋まんとす。

空に雁声あり。

十月十一日　秋漸《ようや》く深し

野路行けば、粟の収納の盛りにて稲の収納もぼつぼつ始まりぬ。……

栗の実の自らはじけて落ちしか、ころころがさがさと一声木の間に物の落つる音して、あとはこつそり静かになりぬ。

十一月十五日　暮秋

柿の落葉を踏みて、後山に登る。……

山上より見れば田は尽《ことごと》く刈《か》られ、麦の緑猶《みどりなお》ほのかにして、村も瘠《や》せ晩秋の野、いたく寂びぬ。

烏《からす》五六羽あり、山上の樹より立ち、鳴きて連山の彼方村々に向う。

十二月二十日　寒樹

粉雪ちらく、止みて日出でたれど、底寒きこと甚しく、北風終日膚を刺す。……

十二月三十一日　歳除

晴れず、曇れど降らず、鬱陶《うっとう》しき年の暮なり、吾が宿にも、山より松を伐り来りて、立てぬ。

前川《ぜんせん》に泊する舟の上にも、松あり、注連縄《しめなわ》あり。

天下事無く、吾家事無く、客なく、債鬼なく、また余財なく、淡々焉として年は静かに暮れ行く。

蘆花にとって、この年は満足すべき年であった。かれはこの年『不如帰』で作家としての地位を築きあげ、自分の将来に明るい光を見いだしていたからである。「湘南雑筆」の中には、そうしたかれの気持ちが、淡々とした描写の中に一つの落ち着きとなって定着している。

「風景画家コロオ」は明治三十年九月『家庭雑誌』に発表された作品である。

この作品は、フランスの画家ジァン＝バプチスト＝カミール＝コロオを紹介したものであった。当時蘆花は写生熱にとりつかれて、さかんに風景画を描いていた時代で、その影響が強くこの作品に反映されている。かれはこの中で「コロオは自然の子なり」と書いて、一生涯、自然の中で暮らしたコロオの生活を賛美している。

かれにとってコロオのこの生活はうらやましいものであった。かれは民友社のサラリーマンであったからである。

そこでかれはコロオの生活に一歩でも近づくため、民友社への出勤をさぼったり、逗子に移転したりして、しきりにコロオの生活を模倣しようとしている。かれにとってコロオは絵の神様であると同時に、生活上の神様でもあったのである。

思出の記

『思出の記』は明治三十三年(一九〇〇)の三月二十三日から翌年の春にかけて、まる一年の間『国民新聞』に連載された長編小説である。

自信作

蘆花はこれを逗子の柳屋で書いた。当時の蘆花は健康そのもので、体重が二十三貫もあり、逗子の人々から当時の横綱にちなんで常陸山と呼ばれるほどであった。かれは毎日、規則正しい生活を送り、確実に『思出の記』の稿を進めていった。

『思出の記』は『不如帰《ほととぎす》』「灰燼」『自然と人生』の後に続くかれの作品で、かれの筆は自由に原稿用紙の上を動いている。

一年間にわたる『国民新聞』の連載で、蘆花は小説を書く楽しさを十分味わうことができた。かれは作品を書きながら作家として自分の筆が十全の働きをするのを感じている。それは喜びであると同時に、かれにゆるぎない自信を与えていた。

『思出の記』は回が重なるにつれて評判が高くなった。人々は『不如帰』の成功で蘆花という作家の名前を記憶し、注目していたので、反応もそれなりに敏感であった。

このため『国民新聞』の売れ行きが急に伸びたといわれている。

一方、家では、父と母が交代で蘆花の作品に目を向け、熱心に新聞を読んでいた。ことに、蘆花の母親の久子はモデルとして、自分が作品に登場するので、一日も新聞を手から離さなかった。それに比べて、作品に登場しない蘆花の父親はさっぱり元気がなかった。

蘆花はその様子を見て、明治三十四年三月『思出の記』が完結すると、その単行本に、次のような献辞を父のために書いている。

「三十年前、われをその膝に抱きて、桃太郎、かち〱山の話をきかしめ玉《たまい》三十年後の今日も、銀鬚を撫して、われ世道人心の重んず可きを誨《おし》え玉《たも》う吾父君の、ことし八十の齢《よわい》を重ね玉《たま》いし賀の御祝いに此《この》つたなき物語を献ず。」

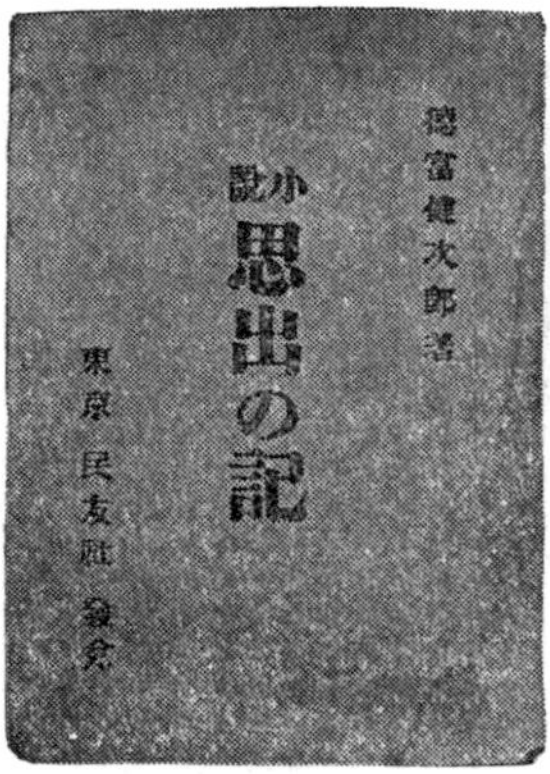

『思出の記』初版本表紙

『思出の記』は刊行されると、各新聞社によって激賞され、そのおもなものは次のようであった。

『東京日々新聞』は、

「旭日瞳々として東天に上る。衆星の光淡として夢の如し。明治文壇の大作として歓迎す。」

と紹介し、雑誌『太陽』は、

「深き信仰あり、高き道念あり、詩趣また乏しからず。」

蘆花の描いた　逗子柳屋の裏

「慎太郎…………。
卿《おまえ》は何歳《いくつ》になるかい。」
僕は頭を垂れた。

と評した。

　蘆花はこれらの書評を読み、安心して、昨年信州で知り合った島崎藤村《しまざきとうそん》に『思出の記』を送った。藤村からは、

「思出の記を拝見、深大なる感動にうたれ、嫉妬《しっと》と羨望《せんぼう》の外なく……。」

という手紙がかれにとどけられた。


あらすじ　主人公の僕、菊池慎太郎は九州熊本の妻籠《つまごめ》の里に生まれた。かれが十一歳になった春、人に疑いを持つことを知らなかった父は事業に失敗して死んでしまった。

しかし、子どもの慎太郎は、そんな家の悲劇も知らず、毎日、遊んでばかりいた。

　その結果、かれは小学校を落第してしまい、勝気な母は怒ってかれを父親の墓前でいさめる。

「彼程《あれほど》阿母《おつかさん》が平生《ふだん》言つて聞かすのが、卿の耳には入らんかい。

阿母《おつかさん》はな、唯菊池の家が興《おこ》したいばかりに、難儀《なんぎ》苦労もして居ます。

其心尽《そのこころづくし》が、如何に子供でも、卿には分からんかい。

阿爺《おとうさん》は斯様《こんな》になつて御仕舞なさる、家屋敷は人の有《もの》になる、義理にも生きて居られたものぢやないに、斯様《こう》して恥しい目を忍んで居るのも、唯《た》ツた一人の卿《おまえ》を育て、潰《つぶ》れた家を立て直して、あゝ菊池の家がまた興つたと、村の者にも言われたいばかりぢやないか。

其れに今度の卿の状《ざま》は一体何事です。

卿は水呑百姓の子と遊んで、水呑百姓になつて、其れで一生腐つて仕舞う積《つもり》かい。

菊池の家を潰《つぶ》した上に亦《また》潰して、其《それ》で宜《いい》と思うかい。

口惜《くちおし》いとは思わんか。

慎太郎、何故黙つとる。――エヽ、口惜しい、今日迄身を削つても卿を育てよう一廉《ひとかど》の人間にしようと思つて居たに、――最早《もう》詮《あき》らめた。

卿を殺して母《わたし》も死ぬから其様《そう》思いなさい。

其とも口惜しいと思うか。

思わんか。

慎太郎、さあ御死に、此短刀で御死に。

卑怯者、さあ死なんか。」

慎太郎はとうとう泣きだした。そしてかれは父の墓に、今後は心を改めることを誓った。

発奮したかれは私立育英学舎にはいり、新しい思想の持ち主駒井哲太郎の薫陶《くんとう》を受ける。そして、師の駒井が郷里の土佐に去ると、かれは上京の意志をかため、東京に向かう。

ところが旅の途中、かれは人にだまされ、たいせつな金をすっかりまきあげられてしまい、さまざまな人生体験を重ねる。

かれは、金貸しの使用人になったり、夜学の英語教師になったり、新聞配達人になったりして苦労しながら、帝大文科に入学する。

やがて、かれは恩師駒井哲太郎の世話で、『明治評論』に寄稿するようになり、若き文筆家としての地位を獲得する。

若き文筆家となった慎太郎は、受難の時代に想いを寄せていた松村敏子と結婚し、母とともに花の都、東京でその文才を発揮するようになる。

『思出の記』の世界

作家が世に認められて自信が裏書きされると、必ず自己を語るという常例にもれず、蘆花によって書かれたのが、この『思出の記』である。

いうまでもなく、主人公慎太郎は蘆花自身であり、他に松村敏子は妻の愛子、作中、異彩を放って活躍する駒井哲太郎は、馬場孤蝶の兄、馬場辰猪《ばばたつい》、野田大作は蘆花の叔父矢島源助といわれている。

こうした人物配置による『思出の記』は作者の育った時代背景というものを、よくわれわれに伝えてくれる。

作者、蘆花は明治元年の生まれで、文字通り明治の年輪とともにその人生を歩んだ人である。蘆花の内部には、明治維新と同時に西欧から流れ込んできた新しい思想、キリスト教や、自由主義の思想が、古い武士道の精神、士族的倫理と同居していた。

この二つの背反する時代精神を巧みに投入してひとりの主人公菊池慎太郎は書かれている。その意味で主人公菊池慎太郎は普通の明治の立身出世主義の人間像とは異なったタイプの人物として清新なイメージを読者に与える。

慎太郎は自由主義者として藩閥政府を排撃して社会の啓蒙家として自分を生かそうと努める。この姿には、薩長土肥以外に生まれた蘆花の素姓《すじょう》が示されている。

そして注目すべきは、この小説が一つの権力への抵抗という姿勢を内包しながら、全体に明るく、健康的な世界を創造していることである。特に幾たびかの挫折ののちに理想の生活にはいってゆく過程は硯友社系の深刻小説・観念小説と比べて対照的である。

蘆花の『思出の記』が発表と同時に「光明小説」と呼ばれた理由もここにあった。

黒潮

未完の大作

『黒潮《こくちょう》』は明治三十四年（一九〇一）の十月二十六日から約一年間、『国民新聞』に連載された第一編と、四年後の明治三十八年十一月、『新紀元』に発表された第二編からなる未完の政治社会小説である。

最初の蘆花の予定によれば、この小説は全部で六巻になる構想で、全巻完成すればわが国に数少ない政治社会小説の一大雄編として、歴史に名をとどめるものであったという。

蘆花の兄、そして材料提供者であった蘇峰によると、『黒潮』はフランスのビクトル＝ユーゴーの『九十三年』に対抗する日本版で、明治維新から出発し、明治という社会の流れを、政治的な面でとらえようとした作品であった。ところが『黒潮』は予定に反して、第一巻で中絶されたまま、その後は読者の要望にもかかわらず、いっこうに完結されようとしなかった。理由は蘇峰と蘆花の衝突にあった。

蘆花はその模様を『富士』で次のように書いている。

「然し、熊次は兄の家に行く事を欲しなかつた。黒潮の第二巻が未だ書けない。書かぬと兄は渋い顔をする。債主の顔は見たくない。熊次はもう社の月給取りではない。

然し新聞に黒潮を書く間は、彼は未だ社を、従つて社長（蘇峰）を脱けない。彼は全然たる自由人ではないのだ。能次は眼に見えぬ桎梏《しっこく》を犇々《ひしひし》と身に感じた。
これを破らねば、彼はいまだに奴隷だ。」

蘆花は黒潮の第一巻を書きあげると完全に行き詰まった。この年、十月末に出かけていった成田の取材旅行が好ましい成果をあげなかったからである。

蘆花は考えたすえ、一時この小説を中断することにした。兄に理由を話し了解をとりつけようと思ったのである。

しかし、この企ては失敗してしまった。かれは、小説が書けないということを、兄に謝罪できなかったのである。

『黒潮』初版本表紙

そして、その結果が有名な「告別の辞」となり、これを機会に蘆花は兄の下《もと》を飛びだしてしまう。

あらすじ

時代は明治二十年のころである。日本の首都、東京の上流階級は西洋熱に浮かされていた。そして、その生活一般は華麗な欧米文化で飾られていた。なかでも政権を掌中にしていた長州閥の政治家たちは、外交上、日本が文明国で

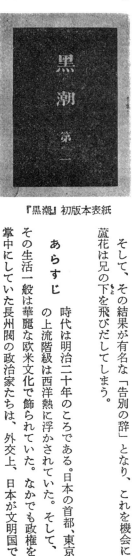

あることを諸外国に認めさせるために、日本の欧風化に熱心であった。

東京には鹿鳴館が造られ、日夜豪華な舞踊会が開かれた。

今日も、上流社会の貴婦人ばかりを集めた慈善バザーが、日の落ちるころからはなやかに行なわれていた。

旧幕臣、東三郎は二十年ぶりにそんな東京へ山梨から出てきた。むすこの学資を得るためであった。

東三郎のむすこ晋《すすむ》は、父三郎のお気に入りのむすこで激しい気性とたくましい風貌の持ち主であった。このむすこのために父親の三郎は苦しい家計から金を捻出して、留学先の英国へ送金していた。

しかし、送金するための金が不足するようになり、とうとう友人の檜山通相の勧めで知事の職を得んものと上京しなければならなかった。

三郎は政治の中心人物である藤沢伯やその他の高官に会見し、そこに驚くべき政治の腐敗を見た。

三郎は頑固《がんこ》一徹《いってつ》な老人であったためにがまんすることができなかった。

かれはかわいいむすこのためにどうしても必要な知事の職を投げだし、かれらを追求する。

「御厚意は千万忝《かたじけ》ないが、此東は時勢おくれの耄碌《もうろく》で所詮諸君の手足となつて働く体ではない。檜山君、折角のお話じやが、此東には矢張富士見村の百姓が相応――諸君は十分御遣《おや》りなさるが宜《い》い、東は此れから小佛笹子を越えて富士見村に昼寝でもしましようわい。はゝはゝゝゝ」

ということばを残して山梨へ帰郷してしまう。ところが帰郷する東三郎の心に、藤沢伯やその取り巻き連中がいったことばが妙に耳に響くのであった。

「東君の議論は、……晩《おく》れて居る。」

「東君、感情は得て眼鏡を曇らすか。」

「わたしが東さんなら一揆を起します。そしてわたし達の首をたゝつ切ります。」

「いや、御立派な御武士じや。」

「其《それ》は、それは負ける方が何時《いつ》も奇麗さ。」

というものであった。

東三郎は怒りに燃えて帰郷する。帰郷すると、かれはすぐに手紙をむすこの晋に送り、いっそう勉学に励むことを強く命じた。

かれは明治政府への反感をむすこの晋によって成就しようと決心したのである。むすこからは次のような内容の手紙が送られてきた。

「勉学は怠らず続けていること。

先程、在英公使から官費生としての待遇をすすめられたが、気がすすまなかったので断わったこと。

そのかわり、ある人の周旋によって東京の某新聞へ通信を載せることにしたこと。」

などがそれであった。

まもなく、その第一信を載せた新聞が、主筆の佐藤から、手紙といっしょに送られてきた。

その手紙には「御子息晋《すすむ》氏は後生畏《おそ》るべし、将来、晋氏の事に就《つい》て御用あらば遠慮なく御申越を請う」という文句がしたためてあった。

晋は父親の期待通りの成長をしていたのである。ところが、不幸はそのあいだにも、この東老人を襲い、視力を奪って盲目にしてしまった。そのうえ、かれが好意を持っていた大日向伯が敵に身を売る事件を起こし、かれは脳溢血で倒れ、急ぎ晋が英国から呼びよせられる。これが『黒潮』の縦の糸である。

一方、この小説の横の糸となるはずのヒロイン喜多川道子は、父親の放蕩のために母親を失い、悲しみの目で父親に反抗するようになる。

彼女は父の若い妾とたびたび衝突して父親から折檻《せっかん》を受け、家出を図ったりした後、尼になることを決心する。小説『黒潮』は以上のあらすじで中断している。

『黒潮』の世界

『黒潮』は過渡的な時代にいつも問題となる古いものと新しいものとの対立を政治的な方面からながめた作品である。明治という時代は、「明治維新」といわれるほど、古いものと、新しいものとの交代が激しい時代であった。

政治の権力は、徳川氏から天皇の手に移され、今まで、士農工商と呼ばれて人々を縛ってきた身分制度も解消された。こうした日本の懸命な近代化の中へ、西洋諸外国からの新しい文化が激しい勢いで流れ込んできた。

この文化を政府の手で、一つの場所に搔《か》き集めたのが鹿鳴館であった。

鹿鳴館は明治十六年(一八八三)に外務大臣井上馨《かおる》が総工費十四万円をかけて、東京の内幸町《うちさいわい》(現在の富国生命ビル)に建設した建物で、日夜、諸外国の大公使が招かれてはなやかな夜会が催された。

夜会は西洋人の習慣である。政府は鹿鳴館を造ることによって西洋人の歓心を買うことにしたのである。ところが、こうした政府の手による積極的な欧化政策は人々の反感を呼び、世論のきびしい集中攻撃を受けることになった。

当時の農商務大臣、谷干城《たにかんじょう》はこれらの世論を代表して明治十九年「国家の大患」と題する論文を発表している。

その中には、

「いたづらに、外人の歓心を得んことをこれつとめ、唯々《いい》諾々《だくだく》国家を万世に維持せんと欲するは、かへつて外人の軽侮を招き外人の姦策を来たす所以にして国を誤るものといふべきのみ……」

という文章が見える。

蘆花はこの谷干城を『黒潮』における東三郎のモデルとした。そして、政界の主導権を握る藤沢伯には、当時の内閣総理大臣伊藤博文をあて、東三郎の子、晋には常に藩閥政治に批判的であった兄の蘇峰をあてた。

こうした人物の配置と時代の背景は『黒潮』第一巻の主人公、東三郎の思想と行動に強く表現されている。つまり薩長土肥の藩閥政治に対する東老人の反発と怒りがそれである。

東老人は、藤沢伯の政治姿勢、ことに私生活における乱脈さを手きびしく非難して、

「諸君は、この日本をどこへひっぱってゆくつもりか！ 二千五百万の国民は諸君の玩弄物《おもちゃ》ではないのだ。」

と叫んでいる。

この東老人の藤沢伯への一喝は、そのまま、作家蘆花の一喝でもあった。

蘆花は短気な人で、何事につけても好き嫌《きら》いが激しく、特に、社会正義と道徳については、作家としてとくにうるさい人であった。

それだけに、当時の政治家たちの乱れた私生活について黙っていることができず、いつも強い不満をいだいていた。

この不満が『黒潮』では一つの思想として、強く全編にあふれている。

寄生木

ある軍人の生涯

『寄生木《やどりぎ》』は蘆花が、小笠原善平というひとりの若い兵士の悲劇的な生涯に心をうたれて、明治四十二年(一九〇九)二月から約十ヵ月の日時を費やして書きあげた作品である。蘆花が、この作品を執筆しだした時、この作品のモデル小笠原善平氏はすでにこの世になかった。氏は明治四十一年九月、二十八歳の若さで死んでいた。氏の短い生涯は、実に人間としての苦悩に満ちたもので、蘆花はそれを氏自身の訪問によって知った。

氏は、明治三十六年の春、原宿の蘆花を訪れ、卒直に自分の過去を述べたあと、自分の書く回想録を基にして小説を書いてほしいことを蘆花に申し出た。

蘆花は熱心に話す小笠原善平氏の話に耳を傾けながら、とにかくその回想録を書き続けることを氏に勧めた。そして帰りがけに自著の『ゴルドン将軍伝』を手渡した。『ゴルドン将軍伝』には氏が並々ならぬ御恩をこうむったという将軍とタイプがよく似た人物が出ていた。そこで、もし小笠原氏が本心から作品の完成を願っているのであれば、それは大いに役だつであろうと蘆花は思ったのである。

まもなく、小笠原氏は陸軍士官学校を卒業。その年十月、氏はさいはての国、北海道旭川に帰隊するためにふたたび蘆花を訪問した。

蘆花は、この時はじめて、この礼儀正しい若い軍人に好感を持った。旭川に帰隊した氏は、忙しい公務のかたわら熱心に回想録を綴っているらしく、ノートが続々、蘆花のもとに送られてきた。

蘆花はそのノートを一冊、一冊ていねいに読みながら、その底に流れる氏の情熱に感動した。そこには、いかなる犠牲を払っても、恩を受けた将軍に報いようとする若い軍人のひたむきな心情があふれていたからである。ノートは「寄生木」というタイトルのもとに、全部で二十六冊、卒直に書かれており、詳細をきわめたものであった。

明けて明治三十七年(一九〇四)二月、日本はロシアとのあいだに、日露戦争を開いた。北海道旭川の第七師団は遠く旅順出兵となり、少尉であった小笠原善平も師団とともに従軍していった。

従軍に先だって、氏は蘆花に長文の書を寄せている。それには、

「………此の寄生木を書く小生の考えは、国家の為弾丸に斃《たお》れ候後、如何に乃木大将閣下の御恩深きかを天下に表わし、且つ自分自身も聊《いささ》か人として生まれ来しからは其のまま死にたくないとの考えに有之候。

ままよ運命に任せよう。

ああ、運命の神よ、余をして旅順に死せしめよ、乃木大将の部下として斃れしめよ、祈る、祈る、其の旅順に死せん事を切々祈る。

乃木大将の部下として斃れん事を。」

とあり、死を切に願う気持ちを蘆花に伝えるものであった。

蘆花は戦場に向かう軍人の心を哀れに思い、もし、氏が戦場に斃《たお》れるようなことがあれば、自分が代わって、その後を引き継がなければならないと思った。その後、広島から二冊のノートが蘆花の手もとに送られてきた。一方、ロシアとの戦いは、年を越えて激《はげ》しさを加え、旅順の二〇三高地は頑強な露軍と果敢な日本軍の衝突点となった。しかし、日本軍は、宣戦布告以来、旅順港の閉塞《へいそく》作戦に成功して、日本海の制海権を手中にしていたので、苦戦をしながらも旅順、奉天の戦いに勝つことができた。そして五月には、日本海海戦でバルチック艦隊を撃破して勝利をつかんだ。

この戦争で小笠原善平は負傷して帰国した。そのうえ、からだを肺病におかされていた。軍籍を退いた氏は病床から次のような手紙を蘆花に書いた。

「其後胸部に煩を得て、虫の生命を辛うじ居申候。…………

大なる疾病は、筆取ることも箸とることも大砲小砲どころに無之、此の苦境御憐察、小生の無音おゆるし願上候。

聖書研究、祈禱は時々いたし居申候。

身体疲労甚しく、杖によりて立ち数歩を運ぶ能わず………

アヽ、寄生木は其後見るの元気も散り失せて、小笠原、土蔵の埋れ木とならんとす。」

そして、氏は明治四十一年(一九〇八)ついに帰らぬ人となった。遺言によって「寄生木」の草稿が蘆花のもとに送られてきた。それは、蘆花が『寄生木《やどりぎ》』の序で「彼は、この寄生木を書かん為に生きたと云うてもよい」と書いたことばを裏づけるものであった。氏の書いたノートは実に四十冊にものぼっていた。

あらすじ　篠原良平は東北の寒村に生まれた。かれの父は、村の村長であったが、人柄に横柄なところがあったために村人からきらわれ、公金横領罪で起訴された。

しかし、良平はこれにくじけることなく、下閉伊《しもへい》高等小学校を首席で卒業した。かれは中学校へ進学しようと思っていたのである。

ところが、家では、酒好きの兄が自分の酒代の減ることを恐れて、良平の進学に強く反対し、かせげ、かせげとどなり、一方、いつも優しい祖母も、父親が警察から帰ってくるまでどうか辛抱してくれと良平に嘆願する。

そこで、良平はやむなく、気のすすまない一年間を村で過ごした後、仙台に飛びだす。当時、仙台には第二師団があり、かれの尊敬する大木将軍がそこにいた。

そこで、かれは将軍を訪れ、正直に自分の境遇を訴える。

将軍は、良平の話を聞いて、かれの純真な性格をおもしろく思い、部下の篠原憲兵中佐にかれをあずける。良平は、将軍の温情に感激して努力し、明治三十一年陸軍中央幼年学校の入学に三番という優秀な成績で合格する。

これに対して、将軍からはわざわざ「及第ヲ祝ス　大木」というはがきが、かれのもとに送られてきた。陸軍中央幼年学校三番という成績は非常な名誉であった。それだけに良平は得意であった。自分の出世はこれで開けたと思ったのである。良平は、安心して酒を飲み、一時の好奇心から女を買った。ところがいったん覚えてしまうと酒色の味は簡単に忘れられるものではなかった。

良平の成績は、みるみるうちに下降線を描きだし、かれはとうとう「下るものなら、俺は最下位を望む」とうそぶくようになる。この有様を見て、篠原憲兵中佐は心配した。かれは、ゆくゆく、良平を自分の美しい娘、夏子の夫に決めていたからである。中佐は良平に夏子との縁談を破約にすることを告げる。かれにすれば、ぐれだした良平に、かわいいひとり娘をやるわけにはいかなかったのである。良平はその悲しい話を夢のような気持ちで聞いた。かれは、夏子を愛していた。

かれは、いま一度、夏子と自分のために更生しようと誓う。しかし、時はすでに遅く、不規則な生活にひたっていたかれのからだは病魔に侵されてしまっていた。かれは死を決意し、大木将軍の部下として、旅順、奉天に死ぬことを願うようになる。

ところが、かれは多くの兵士がこの戦場で死んだにもかかわらず、負傷だけにとどまり生還し、中尉に昇進する。

そして、かれは篠原中佐からまだ夏子との縁談が絶望的なものでないことを聞かされる。

一日、かれは人を介して夏子に面会し、陸軍大学にはいって自分が出世するまで、夏子が自分を待っていることを知る。良平はこの夏子のことばで生きかえる。かれは旭川に帰還すると、病軀をおして受験勉強をはじめ、陸軍大学予備試験では三位の成績をあげて合格する。

しかし、かれの上官は、四人の大尉のために道を開いて、良平には来年受験するように命じる。

良平はこの話を聞いて、自分の夢がすべて水泡に帰したことを知る。かれは軍籍を退き、夏子に別れを告げてひとり、死ぬために故郷に帰る。

『寄生木』の世界

『寄生木』は、蘆花が小笠原善平という若い軍人の遺稿四十冊をもとにして書いた作品である。『寄生木』の序で蘆花は、

「寄生木の著者は自分でない。

真の著者は明治四十一年の九月に死んだ陸中《りくちゅう》の人で篠原良平（小笠原善平氏のこと）という。」


と書いて、かれが小笠原善平氏のノートを忠実に作品化したことを伝えている。

蘆花が、序においてわざわざこのように書いた裏には二つの理由があった。一つは、死んだ小笠原氏に対する弔意であり、一つはこう書いても、なんら矛盾を感じない自分の心であった。

それほど、蘆花はこの作品において自分を抹殺している。かれは一つのフィクションもこの小説に導入しようとしなかった。

なぜなら、かれは小笠原善平氏の生涯に自分自身の姿を見ていたからである。蘆花は小笠原氏の人生を忠実に描くことによって、同時に自分自身を描くことを知っていた。小説『寄生木』は小笠原氏の人生を描いて、よく蘆花の姿を伝えた作品である。

『寄生木』は次男に生まれたばかりに、他人の世話を受けなければならなかった青年の悲劇を描いた作品で、蘆花は、自己の文学の中によく悲劇的な人物を描く。たとえば『不如帰』の浪子がその例であり、その他「灰燼」の茂、『黒潮』の東三郎などがそれである。篠原良平もこのタイプの人物である。

こうした作品における蘆花の傾向は、かれの育った環境と大きなつながりを持っている。かれは家柄を重んじる徳富家の三男に生まれ、兄の蘇峰とは著しい差別待遇の下に育てられた。かれは自我にめざめるころから、しいたげられる人間の悲哀をなめて成長し、成長したのちも、蘇峰という大きな樹の影で苦しんだ。かれには悲劇の人々を理解する心が、いつもノーマルな精神状態として存在していたのである。

こうした蘆花の青春はケースこそ異なっていたが、結局、小笠原善平氏のたどった『寄生木』の世界と同質のものであった。

このため小説の主人公、篠原良平が次男であったばかりに、家から学資を得ることができず、やむなく他人の「寄生木」として生活しなければならなかった心情は蘆花には十分理解できたはずである。

小説『寄生木』は、みずから自分の青春を「寄生木」と呼ばなければならなかった青年の哀しみを、蘆花が自分のものとして書いた作品である。

みみずのたはこと

『みみずのたはこと』は大正二年(一九一三)三月、新橋堂から刊行された作品である。かれは、この作品を東京府下北多摩郡千歳村（現在の東京都世田谷区）粕谷《かすや》で書いた。かれがこの千歳村に移ったのは明治四十年(一九〇七)の二月で、その動機となったのは文豪トルストイの影響であった。

千歳村から

蘆花は明治三十九年(一九〇六)七月、ヤスナヤ-ポリヤナのトルストイを訪れ、かれから「土とともに生活すること」を教えられた。蘆花はこの旅から帰国すると、妻の愛子を連れて土地探しにあちらこちら歩き回っている。

「家を有《も》つなら草葺《くさぶき》の家、而《そ》して一反《たん》でも可《いい》、己が自由になる土を有ちたい。…………

…………最後に見たのが粕谷の地所と、一反五畝余。

小高く一寸《ちよつと》見晴らしがよかつた。

風に吹飛ばされぬようにはりがねで白樫《かし》の木にしばりつけた土間共十五坪の汚ない草葺の家が付いて居《い》る。

家の前は右の樫《かし》の一列から、直ぐ麦畑になつて家の後は小杉木から三角形の櫟《くぬぎ》林になつている。」

（『みみずのたはこと』）

蘆花はこの土地の草葺《くさぶき》の家を買った。そして、とうてい一年とは辛抱なさるまいという周囲の声をしりめに、園芸農具一式を買い込んで農耕生活を始めた。

始めてみると、なるほど農業はたいへんだった。除草から始まって、うねきり、種まき、水汲み、中耕と仕事が休みなく続いて、いっこうに終わらないのである。

そこで蘆花は近所の百姓を雇い、おおかたの仕事はこの百姓たちにまかせて、自分は気の向いた時だけ畑に出ることにした。

村人たちはこんな蘆花を見て、「やっぱり、野ら仕事は先生には無理じや」といって笑った。しかし蘆花はその村人たちのことばを不快に思わなかった。

かれは心の中で、自分の仕事は物を書くことで百姓をすることではないとはっきりわりきっていたからである。かれは、村人たちの見たこともない二十日大根を植えてかれらを驚かしたり、近くの雑木林から枝ぶりのよい木を移植したりして暮らした。

こんな生活をしている蘆花のところには、東京からたくさんの客があっ

『みみずのたはこと』 初版本表紙

明治40年ごろの　千歳村

た。

蘆花はそれを『みみずのたはこと』の中で次のようにユーモラスに描いている。

「東京客が沢山来た。新聞雑誌の記者がよく田園生活の種取りに来た。遠足半分の学生も来た。演説依頼の紳士も来た。

労働最中に洋服でも着た立派な東京紳士が来ると、彼は頗《すこぶ》る得意であつた。村人の居合わす所で其紳士が丁寧に挨拶でもすると、彼はますます得意であつた。

彼は好んで斯様《かよう》な都の客にブッキラ棒の剣突《けんつく》を食わした。

彼は自分の為に田園生活をやつて居るのか抑《そもそ》もまた人の為に田園生活の芝居をやつて居るのか分からぬ。……………」

事実、千歳村に移住した蘆花のところへは多くの客があった。その中には、綱島梁川《つなしまりようせん》、木下尚江、内村鑑三、石川三四郎、山路愛山《やまじあいざん》等の人々がいて、かれらは蘆花を中心に、文学や宗教についてさまざまな意見を交換しあった。

このころの、蘆花の宗教観は特異なものであった。かれは正統なキリスト教から離れて、すべての草木に神が宿るという汎神論的な立場に立ってものを考えていた。

そしてこの汎神論の立場は、ややもすると自我神へ突き進む傾向があって、蘆花の次のような言葉と重なっている。

「思うにキリストは非常にキ印の所が多かつた。

つまり絶えざる尽せぬ夢を見て居られたのです。

我々はやはり、どうしてもキ印があり又、夢を見る必要があると思います。

しかし、私などはキ印となり済ますには常識があり過ぎ、全く常識の人となるにはキ印が多過ぎ、両者の間に居るものです。」（『新人』明治四十一年）

こうして蘆花は武蔵野の片隅に住むようになってから、観念的な青年時代の神を捨てた。かれは、春夏秋冬、四季折々に変化する武蔵野の自然の中に自分の神を見ていたのである。

田園生活のスケッチ

『みみずのたはこと』は八十七章からなるエッセイである。このエッセイは蘆花が千歳村に転居してから、六年間に書きためたものを収録したもので、この中には移りゆく武蔵野の四季が落ち着いた筆で描かれ、屋敷に出はいりする動物や、草花の変化が愛情深く見守られていて、また、村に起きた人間くさいできごとや、遠方から訪れる人々がドラマチックに描かれている。その中から、思いつくままに、三、四題要約してみたい。

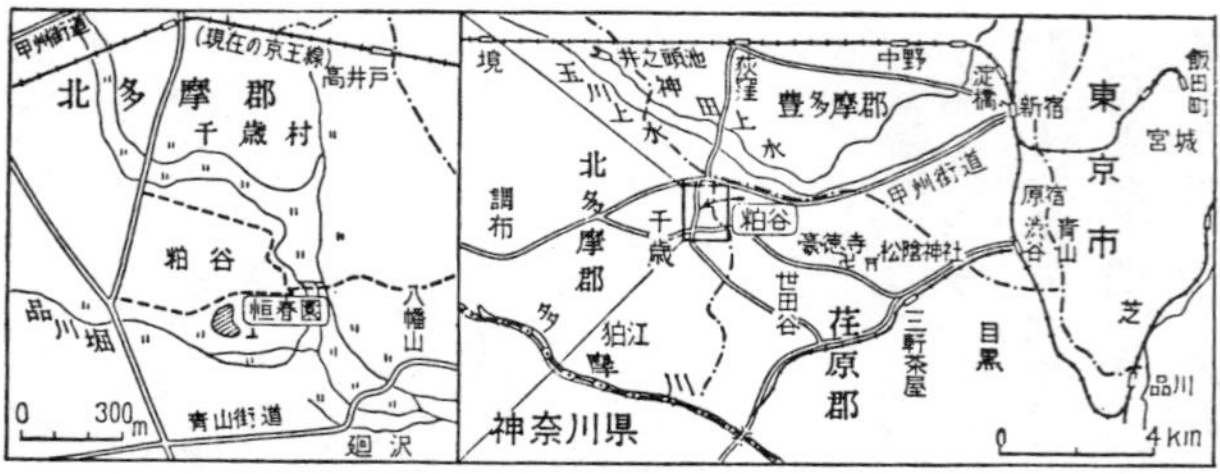

当時の千歳村付近

「水汲み」―千歳村に移転した蘆花夫婦は、まず飲水の調査に骨を折らなければならなかった。かれらが買った家の井戸は落ち葉に埋《うずも》って使用できなかったのである。

蘆花は村人から「品川堀と云う小さな流水《ながれ》」の水がきれいだという話を聞いて、さっそく水汲みに出かける。水汲みは朝早くしなければならなかった。遅くなると付近の村人たちがそこでおしめの洗濯をするからである。かれは五町もある川へ毎朝出かけて行く。

「最初一丁が程は一気に小走りに急いで行く。耐《こら》えかねて下ろす。腰而下《こしからした》の着物はずぶ濡れになつて、水は七分に減つている。

其れから半町に一休《ひとやすみ》、また半町に一憩《ひといこい》、家を目がけて幾休みして、やつと勝手に持ち込む頃は、水は六分にも五分にも減つて居る。

両腕はまさに脱《ぬ》ける様だ。」

そこで、かれは渋谷に出かけていき、山路愛山《やまじあいざん》に「理想を実行するのですか」と笑われながら天秤棒《てんびんぼう》を買ってくる。

「両手に提《さ》げるより幾何《いくら》か優《まし》だが、使い馴れぬ肩と腰が思う様に言うことを聴《き》いてくれぬ。

天秤棒に肩を入れ、曳《えい》やつと立てば、腰がフラ〳〵する。

膝はぎくり折れそうに、体《からだ》は転倒《ひっくりかえ》りそうになる。

唸《うん》と足を踏みしめると、天秤棒が遠慮会釈もなく肩を圧しつけ、五尺何寸其《その》まま大地に釘づけの姿だ。

思い切つて蹌踉《ひょろく》とよろけ出す。

十五六歩よろけると、息が詰まる様でたまりかねて荷を下ろす。

尻餅つくように、捨てるように下ろす。

下ろすのではない。荷が下りるのである。

撞《どう》と云うはづみに大切の水がぱつとこぼれる。」


蘆花の水汲みはこうした苦しいものであった。しかし、この「水汲み」の中に描かれている世界は実にユーモアにあふれている。蘆花の水汲みじいさんはさらに次のような描写を読者に提供する。


「早速《さっそく》右の肩が瘤《こぶ》の様に腫《は》れ上がる。

明くる日は左の肩を使う。

左は勝手が悪いが、痛い右よりまだ優《まし》と、左を使う。

直《す》ぐ左の肩が腫《は》れる。

両肩の腫瘤《こぶ》で人間の駱駝《ラクダ》が出来る。

両方の肩に腫《は》れては、明日は何で擔《かつ》ごうやら、夢の中にも肩が痛い。」

「月見草」は落ち着いた筆使いのなかに、魅《あや》しいまでの美しさをたたえた作品である。蘆花の円熟した筆致がここに見える。

「村の人になった年、玉川の磧《かわら》からぬいて来た一本の月見草が、今はぬいて捨てる程に殖《ふ》えた。此頃は十数株、少くも七八十輪宵々賑やかに咲いて、黄昏《たそがれ》の庭に月が落ちたかと疑われる。

月見草は人好きのする花では無い。

殊に日間《ひるま》は昨夜の花が赭《あか》く凋萎《しお》たれて、如何にも思切りわるくだらりと幹に付いた態《ざま》は、見られたものではない。

然し墨染《すみぞめ》の夕に咲いて、尼の様に冷たく澄んだ色の黄、其香《か》も幽《ひそか》に冷たくて、夏の夕はふさわしい。花弁《びら》の一つゞゝほぐれてぱつと開く音も聴くに面白い。独《ひと》り物思うそぞろあるきの黄昏に、唯一つ黙って咲いて居る此花と、はからず眼を見合わす時、誰か心跳《おど》らずに居られようぞ。

月見草も亦心浅からぬ花である。………」

このあと、蘆花の描写は一転して回想の中に沈んでゆき、古来の死刑場に咲く月見草を無気味な静けさの中に描く。

「初夏の頃から沢山月見草が咲いた。

日間《ひるま》通る時、彼は毎《つね》に赭《あか》くうな垂れた昨宵《ゆうべ》の花の死骸を見た。

学校の帰りが晩《おそ》くなると、彼は薄暗い墓場の石塔や土饅頭《つちまんじゅう》の蔭から黄色い眼をあいて彼を覗《のぞ》く花を見た。

斯くて月見草は、彼にとつて早く死の花であつた。」

「白」は犬好きの蘆花の随筆である。この中で蘆花はさまざまな表情と顔を持った犬を登場させ、犬たちの生態を細かに描いている。かれの犬好きをかれ自身の筆にまかせてみよう。

「彼の前生は多分犬であつた。

人間の皮をかぶつた今生にも、彼は犬程可愛いものを知らぬ。

子供の頃は犬とばかり遊んで、着物は泥まみれになり、裾《すそ》は食いさかれ、其様《そん》なに着物を汚すならわたしは知らぬと母に叱られても、また走り出ては犬と狂うた。

犬の為には好きな甘い物も分けてやり、小犬の鳴き声を聞けばねむたい眼を摩《こす》つて夜中にも起きて見た。」

晴耕雨読

千歳村粕谷の草堂に生活するようになった蘆花の毎日は静かなものであった。かれは杉林と櫟林に囲まれた二千坪の土地に囲まれて、安定した生活ぶりを示していた。

この時期、詳しくいえば明治四十一年からの六年間は蘆花の人生にあってきわめて平和な時代で、かれはトルストイ主義の実践者として生活していた。

かれのモットーは「人間は書物のみでは悪魔に、労働のみでは獣になる」というもので、かれは日々鍬を
とり、畑を耕し、雨の日は本を読んで暮らしていた。

しかし、当時の蘆花は洋服で肥桶《こえおけ》をかつぐという百姓で、自ら「美的百姓」と呼ぶ程度の百姓であった。その中で、かれは冥想にふけり、自己満足にひたっていた。この生活は、見方によってはかなり身がってな生活といえる。少なくとも千歳村移転以前には見られなかった蘆花の態度である。

千歳村移転以前の蘆花は、どちらかといえば自己にきびしい克己主義者で中途はんぱなことは自分に許さない人であった。そのために、かれはノイローゼにもなり、菜食主義者にもなり、また、わざわざ遠く聖地まで出かけたのである。

ところが千歳村の生活には、これらのいちずな態度が消え失せて両刀使いとも思われる世界が展開されている。かれは、粕谷の草堂を、

「一方に山の雪を望み、一方に都の煙を眺める儂《わし》の住居は、即ち都の味と田舎の趣とを両手に握らんとする儂の立場と欲望を示している。」

と紹介して、そのことを示している。これが心的革命後の精神であった。かれはひとりの克己主義者から、ひとりの快楽主義者に転身した。ここに蘆花の新しい自由な天地があった。

『みみずのたはこと』が自然主義風でも『白樺』風でもない独自の清新さと、自在なユーモアを持っている理由がここにあった。

黒い眼と茶色の目

『黒い眼と茶色の目』は大正三年十二月に新橋堂から刊行された。この作品は、蘆花が四十九歳の時に京都同志社で引き起こした恋愛事件を作品化したものである。

発表されるまで

蘆花はこの作品を発表するまで、『黒い眼と茶色の目』の原形となる作品を二つ書いた。一つは、久栄との恋愛が破綻《はたん》に終わった直後の明治二十一年の暮れ、九州日奈久温泉で書いたもので、もう一つはそれから四年後の明治二十五年に書いた「春夢の記」である。

前者は簡単なメモ程度のものであったが、「春夢の記」は原稿用紙三百枚にも達するものであった。しかし、この「春夢の記」は発表されずに蘆花の手でその後、焼却されてしまい、現在その草稿はない。ただ、その内容は、蘆花が二十七歳で原田愛子と結婚した時、「これは大切なものだから、決して開けてみてはいけない」といいわたしているところから、『黒い眼と茶色の目』と大差ない内容のものであったことが想像される。

こうした背景の後、『黒い眼と茶色の目』は大正三年に蘆花によって作品化されるのであるが、この間、蘆花は実に二十七年間という年月を過ごしている。

そのあいだ蘆花がどんな気持ちでいたかは、かれ自身の次のような日記の一節、

「茶色の目の娘の起草の日として、大正三年九月雨の十四日は聖別さるべきである。」

という表現から次のようなことが推察される。

つまり、蘆花は明治二十年に久栄と別れてから、この年まで、かれが「春夢の記」の序に書いたといわれる「記憶の重荷を取り去らんとして、われは此書を書けるなり」ということば通りの世界を過ごしてきたことである。ところが「春夢の記」は書かれただけで公表されなかった。

かれはこのスキャンダルを父と兄の前に提出する勇気を持たなかった。蘆花は自分と同じ性格の父がこの作品を読んで傷つくことを恐れた。

そのために蘆花は、父が九十三歳でなくなる大正三年まで二十七年間も『黒い眼と茶色の目』を書けなかったのである。

大正三年五月五日、かれは父親の面会したいという手紙に「仔細あつて参上は致し兼ます」という手紙を送り、病気危篤《きとく》の電報にも「健次郎は最早死んでいる。不孝不悌は覚悟の上」と書いて父とのあいだに一線を引いている。その理由はかれが臨終の父と顔を合わせることによって、二十七年間も胸に暖めてきた『黒い眼と茶色の目』の構想がくずれるのを恐れたためであろう。この行動は『黒い眼と茶色の目』の伏線であった。

かれは父一敬の死を聞くと夕飯に赤飯をたいて祝い、ようやく自分が「言うべきことを言い、書くべき事

を書きうる自由の天地が眼前に展開してきた」といっている。

この行為は一般的に見ると不謹慎この上ないように見える。しかし蘆花の二十七年間の抑圧された心をのぞくと、一概にそうともいえないのである。

蘆花は父の死後四日目に、妻とふたりだけの葬儀を、自宅の十畳のへやで父のために行なっている。この時、かれは、衣服を更《あらた》め、父一敬の写真をへやに飾り、自ら作ったいちごを睡蓮《すいれん》の花といっしょに供えて父の冥福《めいふく》を祈っている。そして六月四日、かれは次のような宣言をしている。


「余は弱きを標榜して来た。

しかし、そんな甘い時節は過ぎた。

余は強くならねばならぬ。

無感覚な石の様な強者で無く、一切を痛感して、一切に同情して、一切に打克つ強者とならん。

宇宙間に真に唯一人立つ気宇を養わねばならぬ。

一切の苦痛、一切の失望、孤独、悔恨、それらは皆余を真人に仕上げる天の恩寵である。

悉く歓迎し、悉く玩味せねばならぬ。

蘆花が愛用した　大テーブル
（長さ9尺、幅6尺の大テーブル，晩年の作品はほとんどこの上で書かれた）

今、余は生涯中の尤も味ある部分を経過しつゝあるのだ。

十分に眼を見開き、徐《おもむろ》にあらゆる苦痛の滋味を享けねばならぬ。」

蘆花はこの宣言のあと、長さ九尺、幅六尺の大テーブルを買い込んで『黒い眼と茶色の目』の執筆にとりかかった。

蘆花の心境　二十七年間というもの、蘆花という作家の心にたえず住みついて離れようとしなかった作品『黒い眼と茶色の目』はいったいかれにとっていかなる意味を持っていた作品なのか、それをかれ自身の言動からながめてみたい。

幸い、かれはこの作品について多くのことを日記に書いており、作品の意味するところを生々しく伝えている。

十月三日、かれは「誓約書」のところまで書いてその心境を、

「何故に茶色の目を書くか。

要するに自己肯定の結果である。

真実の自己を押出す勇気がやつと出たからである。

斯くて久米は大びらに余の因縁薄かつた先妻となり、細君は後妻となるのである。

久米が隠し妻である間は細君は余の真の妻でない。

余が久栄を公表し、細君が久栄を包容するに至つて、始めて余と細君との真の結婚は成立するのだ。」と書き、その三日後には、

「これは此世に於る余と彼女（恋人久栄）の最後の別れの宴であつた。

書いていると彼女が可愛く消え入るようになつかしくてたまらなくなつた。

あたりの考慮や利害や倫理上の疑慮に拘《かかわ》ろうと、彼女を棄て、若《も》しくは棄てようと試みたのが如何にも十七の娘に対し無惨で自分が卑怯に思われてならなかつた。」

といい、十月十一日には最初の題名を「茶色の目」と決定している。十月十二日のかれの日記には、

「余は今度の茶色で霊の大掃除、大反省、大整理をする。

余が生涯に特筆大書すべき大切の時機である。」

という文字が見え、三日後の十四日には愛子夫人を書斎に呼んで題名を「黒い眼と茶色の目」と確定したことを告げて、

「『黒い眼』は新島先生（同志社創立者新島襄のこと）の目だ。

『茶色の目』は久栄の目だ。

此の小説は二つの眼が余を争うた其の記実である。」

と伝えている。これに対して妻の愛子は手を拍って題名の決定を喜んだという。しかし、この心境に至るまでのかの女の苦悩は並のものではなかった。

愛子はその心境を、

「運命は逃げても逃げてもつきまとう。

後妻にはなるまいと遁げて逃げて居たけれども、到頭後妻にならねばならなくなつた。」

と語っている。

十七日、『黒い眼と茶色の目』が完成する一日前の日である。蘆花はこの日、朝早くから例の大テーブルに向かい、新聞も読まずに食事も握り飯にして擱筆《かくひつ》を急いだ。そして翌朝の午前一時半までに七十枚を書き飛ばして無事にこの作品を完成させた。

その日の日記に蘆花は次のような文を書きつけている。

「余の人格が確定すると共に、細君との真結婚も成就するのだ。

だがしかし過去の執着を去らなければ、余が人格の独立は成就せぬ。余が愛した父上の死去は丁度そのきつかけになつた。

罪の記憶の拘泥も、余は永久に葬るのだ。

余の過去一切を肯定し、引背い、神人の前宇宙の間に赤裸々にして立つと共に、余は一切を感謝し一切を摂受する。

余は今こそ障《さわ》りなく兄を愛することが出来る。

母を愛することが出来る。

余等夫婦は本当の夫婦となり、夫婦の霊は二にして一となり、夫婦の霊格は確立するのだ。神が其の日に導いて到らしめた事を讃美する。

胸の障りがとれたからには、早く母や兄の顔を見、鶴子（兄猪一郎の末娘、蘆花は一時かの女を養女に迎えていたが、この年五月に、猪一郎の許に帰した。）を引取りにやりたい。

しかし、いつも早まつて仕損ずる。

もつと力がつくまで皮膚が丈夫になるまで祈つて我慢することだ。

憎悪が余から去つて身も軽くなつた。

嬉しい事だ。」

十月二十五日、蘆花の誕生日である。

この日、かれは四十七歳の誕生日を迎えた。かれは赤飯を炊き、菓子を作り、使用人にそれぞれ祝儀を与えてこれを祝った。かれはこの日、次のような歌を詠んでいる。

父恋し逢わで逝きにし父恋し
　みたまに在《いま》すと子は知れれども

この年十二月十日、『黒い眼と茶色の目』は、新橋堂から刊行された。そして蘆花はその巻頭に次のような文を載せた。

吾妻よ。

二十一年前《ぜん》結婚の折おまえに贈らねばならなかつたのを、わしが不徹底の含羞《はにかみ》から今日まで出しおくれたのが此書だ。

わしはおまえに此世でめぐり合う前に、おまえを尋ねてさんざ盲動をした。此もおまえと思い違えた空しい影にうろたえて流した血と涙と汗の痕《あと》だ。わし達は最早此様《もうこん》なものも昔語《むかしがたり》になし得る幸福な身の上だ。形に添う可き影ならば、此書をおまえでなくて誰に贈ろうぞ？此は当然おまえのものだ。

わしにとつて「過去」の象徴であつたなつかしい父上が天に帰つた。

一九一四年の秋十一月十八日

太古天の浮橋をこめた様な雲霧混沌として天地を包む朝

伊香保千明仁泉亭の新三階に於て

著　者

以上が二十七年間も蘆花の心に隠されていた『黒い眼と茶色の目』のあらましである。

『新春』

見返り坂

『新春』は大正七年四月に福永書店から刊行された随筆風の作品である。かれはこの作品を千歳村粕谷の恒春園《こうしゅん》で書いた。

恒春園とはかれがこの年になって名づけた粕谷の自宅のことである。蘆花は明治三十九年ロシアのトルストイ宅を訪れてから「土に生きる」ことをかれのモットーにしていた。

かれによれば、土とは母なる大地、全ての生命の根源であり、それとともに生きることが人間にとって最も自然な生き方だというのであった。かれは千歳村粕谷に家を構えるようになってから毎年のように土地を買い、自ら耕し、作物を植えていた。

そして、この「土とともに」の精神は年月とともにかれの信念となり、この頃には当初の美的百姓から脱皮して、しだいにかれの理想とした「自然との呼吸」に近いものになっていった。

あらすじ

『新春』は、七編の随筆からなる作品で、その中心をなすものは、冒頭の「春信」である。「春信」は五十歳になった蘆花が自己の過去を振り返ったもので、かれはそれを次のよう

『新春』　初版本表紙

な短歌によんでいる。

　眺めやる雪の旅路のはろばろに
　　昔のわれのいとおしきかな

五十歳という年は孔子が「天命を知る」といったように、蘆花もこの年になってようやく自分に対する天命を知った。

かれは、過去を振り返り、そこに大きな位置を占めた父親について多くのことを語っている。

「別《べつ》して父の欠点という欠点は遺憾なく私が頂戴して居ます。疳癪《かんしゃく》は別として、そゝつかしい事、痔疾《じしつ》、父の死病であつた膀胱結石、脚痛《きゃくつう》などが他の同胞になくて皆私に伝わつています。」（「春信」）

この父と蘆花のあいだは相当に深い愛情で結ばれていた。ところが、この父の愛情が真実を求めようとする蘆花にとってかえって重荷であった。

かれは優しい父のまなざしのためにどうしても自己を全裸にすることができなかった。その苦悩を蘆花は、

私は赤裸になり…………天と人との前に、行雲流水滞《とどこお》りない自然人の自然生活がしたくてたまらぬ。

然し私には父が居ます。

それの暴露は父を殺すかも知れぬ。

いや殺すに違いない。

如何《いか》に不孝な私でもそれは出来ません。

父が居る限りこの棘《とげ》は吐き出されぬ。

最後の着物の一枚が脱ぎ切れぬ。卑怯です。

然し人情であります。

それ程、父の愛が私を縛りました。


（「春信」）


と書いている。

そして、父の一敬が大正三年五月に九十三歳で死ぬと、かれは葬式にも参列しないで、待ちかまえていたように「誕生だ〳〵」と叫んだ。

それほど、かれと父とのつながりは強かったのである。父の死後、蘆花は『黒い眼と茶色の目』で自己を暴露し、念願の自然人としての生活を始める。

かれと妻はアダムとイブを目標にして、全てを自然に帰すことを理想とした。蘆花は畑に出て汗を流し、雨の日には本を読んで暮らした。粕谷の草堂もこの十二年のあいだに大きな変化をしていた。

粕谷の草堂は蘆花が明治四十年に買った時には、一軒の粗末なあばらやで、とても人の住めるような家ではなかった。そのために蘆花はこの年湯殿と女中部屋を建て増した。そして中一年置いた明治四十二年には八畳と六畳の書院を建て、明治四十三年には家の裏方に八畳と四畳の客室を建てた。そして明治四十四年には幸徳秋水の死を記念して、二十五坪の書院を家の西側に建て、これらをすべて廊下で結びつけた。

こうしてできあがった蘆花の住まいは、見た目にも大きくりっぱなもので粕谷の村人たちはこれを「粕谷御殿」と呼んで蘆花を苦笑させていた。

粕谷御殿といわれた　蘆花恒春園奥書院

粕谷御殿は広い庭とたくさんの畑を周囲に持っていて、それらは全部で二千坪を優に越えるものであった。この年、自宅を恒春園と名づけた蘆花は、自分の生活にはじめて大きな満足を感じていた。その大きな原因は自分がようやくすべての束縛から解放されたという自覚であった。

かれは、四年前の大正三年『黒い眼と茶色の目』で真実の自己をはじめて語って、それまで肉身や妻の愛子に気兼ねしていた自己の青春の過失を堂々と正当化していたのである。

「春の山から」は伊香保をこよなく愛した蘆花が、美しい思い出の中に伊香保をスケッチした作品である。

蘆花恒春園の 静かな
たたずまい

蘆花は死ぬまでに伊香保を十回も訪れている。そのうち、六回がこの作品に登場する。

第一回目の伊香保訪問は明治三十一年の五月で、蘆花は結婚五年目を記念して初めてここを訪れた。そして伊香保のもつ魅力に心を奪われ蘆花はデビュー作『不如帰』の冒頭《ぼうとう》をこの伊香保に持ってきている。

第二回目の訪問は明治三十三年四月で蘆花が『不如帰』で名声を拍した後に行なわれた。蘆花はこの時の思い出を次のように書いている。

「前の如く千明《ちぎら》に行き、前の如く三階の室を与えられ、而《そう》して前の女中の千代というのを今度もつけられました。」

蘆花はこの時、四十日間ここに滞在してスケッチを楽しんだ。

三回目は明治三十九年で蘆花が生活の刷新を計った年である。かれは伊香保からトルストイに手紙を書き、トルストイ訪問の意志をここで固めた。この時、蘆花の女中につけられた人は『不如帰』の主人公浪子と同名の人であった。蘆花は旅館の主人のもの好きなのに苦笑している。

四回目は大正三年十一月、蘆花が『黒い眼と茶色の目』をほぼ完成した時に行なわれた。

蘆花が愛した伊香保　千明仁泉亭別荘
（現在，公民館として使用されている）

蘆花は一ヵ月ここに滞在し、『黒い眼と茶色の目』の序文をここで書いた。

五回目は大正四年六月であった。目的は妻愛子の病後静養のためで、この年、愛子は三月から六月にかけて大病にかかっていた。しかし伊香保に行ってみても、妻は蘆花といっしょに散歩することはできなかった。

蘆花はひとり山道を歩き、次のような歌をよんだ。

独行《ひとりゆ》く山路はさびし吾妹子《わぎもこ》に
　腕借さん日をまつむしの花

そして六回目は大正六年の春であった。

蘆花は滞在四十日を、

「私共は六度目でまた伊香保に往きました。………
なにかといえば、私共の心は直ぐ伊香保へ向います。
伊香保は私共にとつて大切な生の策源地と何時《いつ》の間《ま》にかなつて了《しま》いました。」

と書いている。

「パレスチナの回顧」は明治三十九年蘆花がヤスナヤ＝ポリヤナにトルストイを訪問する途中、聖地パレスチナを訪れた時にその見聞を書いたものである。

この中で蘆花は、

「前にも云うた通り、ガリラヤ湖畔の宿帳に『再び来たらん』と私は書いて置いた。

神若《も》し許し給わば何時か今度《こんど》………

今度こそは草鞋《わらじ》ばきで聖地を歩いて見たい。

其時こそ再びガリラヤ湖辺に宿つて其宿帳に『今再び来りぬ』と書きたいものである。」

と書いている。

蘆花はこれを書いた翌年の大正八年に妻愛子を伴ってこの地を訪れ、このことばを実行に移した。

「ヤスナヤ・ポリヤナの回顧」は文豪トルストイを訪れた時の蘆花の感想である。

蘆花はトルストイが、かれのことを「トキトミ君」と呼んだといって笑い、次のような会話を綴っている。

「『おゝ、君はトキトミ君』爺さんが相好《そうごう》を崩して喜んだ。…………

『日本から何日かゝつたかね？』

『三月《みつき》です。』

『三月！』

爺さんはびつくりして叫んだ。

『如何《どう》して?』

『パレスチナへ廻つたものですから。』

『三月!』良久《ややひさ》しく考え込んで………

『沢山金を使つたろう。』と爺さんは憮然として居た。

親爺の口吻《こうふん》だ。」

蘆花は、トルストイがまずお金の心配をしたことをおもしろく思った。かれはそこに偽りのないトルストイの素朴《そぼく》な人間像を見て嬉しかった。

「春は近い」―大正六年トルストイの子、レオ=トルストイが粕谷を訪問した時に、蘆花がかれを批判したものである。

蘆花はその中で、レオ=トルストイを、

「国難を他所《よそ》に情婦を連れて、父の名を売つて歩く、それがトルストイの子か。」

と強い調子で非難し、

「レオはあれからはがき一本私によこさぬ。

新聞で後を跟《つ》ける私は、レオがハワイに行き、また支那に行つて上海で美術商をするという事を苦痛を以て聞いた。」

と書いている。

「私の松」は園芸好きの蘆花が一本五円で買った赤松を大事に育てる様子を書いたものである。

「九十九里」は美しい雄大な浜の景色を書いたもので、それには次のような歌が詠まれている。

吾心《わがむね》に響きかわして大海《わだつみ》の
千《ち》尋《ひろ》の底ゆ潮《うしお》高鳴る

新春の世界

『新春』は父の死を契機とする蘆花の心的変化をかれ自身が忠実に書いた作品である。蘆花は父の死によってはじめて真の自己を確立した。

かれはそれをまず自己の告白という形で世間に打ちだし『黒い眼と茶色の目』を書いた。大正三年のことである。

そして『新春』はその四年後、大正七年に書かれている。このあいだの四年間、かれの生活は妻愛子の病気と土との生活に捧げられている。

『黒い眼と茶色の目』は、はじめ妻愛子の反対を受け、読者のあいだにも、その内容の生々しさのために目をそむける者が少なくなかった。かれの母校の同志社も、学校側の指示で一時これを学生に禁じたほどであった。

しかし幸い作品の売れ行きはよく、二万、三万と売れてかれの熱意を裏書きした。

銀婚式記念写真
蘆花(51歳) 愛子(45歳)

このころのかれの日記を見ると「人格」という言葉がいろいろな形で書かれていて、蘆花が自己の告白になみでない決意を固めているのが感じられる。そして、それは結局『黒い眼と茶色の目』の完成によってのみ成就される性質のものであった。

こうした激しい人格との戦いの後に、かれ自身によって獲得された世界が『新春』であった。かれは『新春』の中の「春信」の終わりでその心境を次のように書いている。

「赤裸の自由さ、快活さ、瑞々《みずみず》しさに唯踊り廻りたい程嬉しくて堪《たま》らぬ。
身が軽くて羽が生えて、無暗《むやみ》に舞つてあるきたくてたまらぬ。
私は讃美の外に言葉を知らぬ。
踊る外に仕事を知らぬ。
そこで斯《か》く歌い、斯く讃え、斯く踊つて、この長々しい春信《はるだより》を終ります。
生が勝つた。
愛が勝つた。

光が勝つた。
自然が勝つた。
阿父《おとうさん》が勝つた。
子供が生まれた。
アダムが生まれた。
イブが生まれた。
春が帰つた。
……………………」

この詩とも、宣言ともつかない歌は、蘆花の喜びを示すものである。

蘆花はこの歌の中で「生が勝った」「愛が勝った」と歌い、そして私の心に「春が帰つた」と歌っている。そして、この喜びはしだいにかれの人生に対する自信となって、後年の大作『富士』に結実されてゆく。

『新春』はこの意味において、かれの不安に満ちた告白小説『黒い眼と茶色の目』と、告白することに自信を持った作品『富士』との中間に位置する作品である。

富士

小説『富士』は大正十三年一月二十六日に起稿され、その年の十月に初稿千五百二十三枚が完成した蘆花の自伝小説である。

自伝の書

内容は蘆花の活動時代ともいえる明治二十七年から三十九年にかけての生活記録で、かれはこの十二年間を一冊の日記もノートも用いずに書いた。

というのは、かれはこの間の記録を明治三十八年の心的革命で、すべて焼却してしまっていたからである。そのため、蘆花は初稿を書きあげたあとも、自分の記憶にかなりの不安があったので、この不安を解消するために、この年の暮れから妻の愛子と慎重な一問一答形式の校正を重ねている。

そして第一巻が大正十四年の五月に福永書店から発行され、同様の労苦の末に第二巻が大正十五年二月に、三巻は昭和二年一月に発行され、第四巻は蘆花の死後になって、昭和三年妻の愛子によって完成された。

そして、これらの間隙《かんげき》はすべておびただしい校正に費やされて、それは六、七回にも及び、蘆花はその苦しさに耐えかねて「仕事も糞もあるものか」と叫んだといわれている。

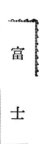

『冨士』という小説の題名は、蘆花が明治三十八年冨士登山において暴風雨に会い、三日三晩、人事不省に陥った事件からとられた。この事件は、単なる蘆花の遭難でなく、蘆花の人生観を一変させた事件として、蘆花の人生に大きな意味を持っている。

つまり、この事件が蘆花の心的革命を誘発するバネになったのである。

この心的革命の結果、蘆花は自分の青春に切開のメスを加える勇気を持つようになり、大正三年はじめて『黒い眼と茶色の目』を書いた。

かれはそのあと次のような発言をしている。

「茶色の目は余の全産物であるべきでない。

余は今少し苦しんでいる。

天は此れ一つ書いて死なす為に余をさまざまに苦しめたとも思われぬ。

余は其の責任を十分果すまで寿命を天に祈る。」

ここで明らかにされているように、蘆花は、『黒い眼と茶色の目』を書いたあと、自分の人生に今一つ書かなければならない小説を感じた。この意図の下に書かれたのが『冨士』四巻である。

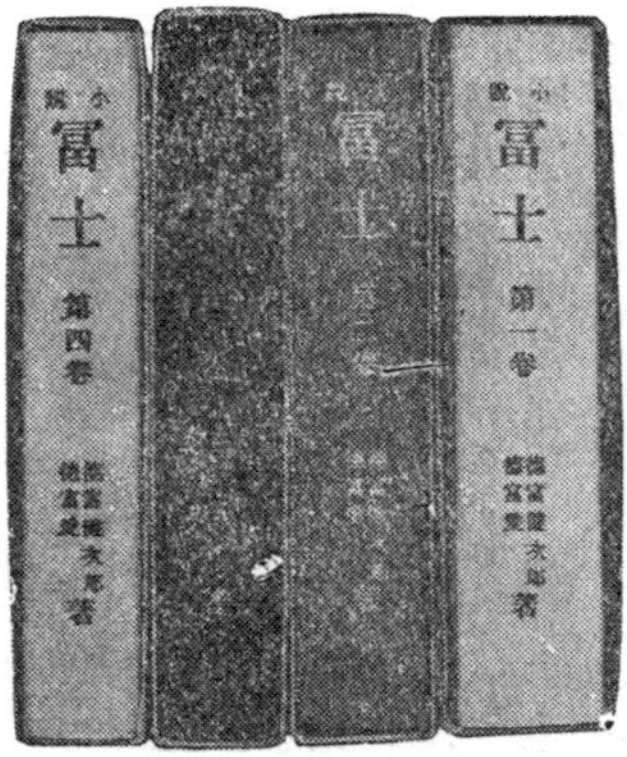

完成された『冨士』4巻

あらすじ

九州の名門肥後家に生まれた熊次（蘆花）は、兄の寅一（徳富蘇峰）や数人の姉の庇護《ひご》のもとに育ち、劣等感に悩みながら成人した。

かれは二十二歳の時に上京して兄の営む新聞社に入社し、そこで目立たぬ翻訳の仕事に従事していたが、明治二十七年に同郷の菊池駒子と結婚、妻への愛情と嫉妬との交錯する毎日を送るようになる。

ふたりの結婚生活の前途にはさまざまなできごとが待っていた。

肥後家と菊池家をめぐる多数の縁者知人との葛藤《かっとう》、兄寅一との微妙な相剋《そうこく》、それにもまして熊次を苦しめたのは、兄と駒子との間についての理由のない嫉妬であった。

そして「癇癪《かんしゃく》」を起こすごとに、熊次は色々の面倒を引き起こした。

駒子を離別することを菊池家から迫られたこともあった。

それにもこりずに、「良人の持たぬ物を妻が持つ法は無い」という理由で、駒子が父に買ってもらった銀時計を庭の飛石にたたきつけるような乱暴もかれはした。

こうした生活の中で、熊次はしだいに自分の文学を築き上げて行った。

「今から二十年前、私がパレスチナ、ロシアの順礼から帰ると、やがて、ある日私は妻に問いました。

『あなたは、私と真裸で銀座通りが歩けるか？』

妻は胸をどきつかせながら答えました。

『歩けます。』

それから二十年にして、私共は今正に真裸で銀座街頭の書店から歩き出るのであります。

俚語に曰く。

裸で道中がなるものか。

然し私共は正に裸で道中をはじめます。

厳しく云えば裸で『富士』登山を始めます。」

これは大正十四年四月十九日に、蘆花が『国民新聞』と『読売新聞』に掲げた小説『富士』の予告である。かれはこの予告通り、『富士』の中で遠慮会釈なく自己を暴露した。このため、少なくない読者はいままで持ち続けていた蘆花文学のイメージを失い、新聞雑誌も一時沈黙をよぎなくさせられた。この中で例外であったのはキリスト教関係の『福音新報』と『都新聞』であった。

『福音新報』の佐波亘は小説『富士』を次のように批評している。

「ある人は、これが主人公熊次は狂人ではないか、あんなものは読むに堪えぬと怒つた者もある。

同じ書店で発行した杉田直樹博士の『誰か狂える』にあてはめれば熊次もあるいは其の部類に入れられるべきであるかも知れぬ。

併しながら、カアライデあつたか、あのゲーテのウエルテルの嘆きを読み、忽然嚇怒して、一時はそれを床の上にたゝきつけたがまた再びそれを手に取り上げて読みつゞけたということである。

我らは此の小説を読んで、彼と同様な感じを起させないわけにはゆかぬ。

しかも、これをある意味に於る神への懺悔録と見るならば、そこにある大なるものが潜んでいるものを見逃すことはできない。」

この批評は、小説『富士』に対して行なわれた最初のもので、その後になされた数多くの批評も、おおむねこれにならったものである。

多くの批評はその結論を、「これだけ大胆にすべてを打ちまける気になつたのは決して容易なことではない。真の求道者でなければ出来ないことである」と結ぶのが常であった。

これらの批評は、蘆花の当時の心情、すなわち、大正十三年一月一日の日記にある「余の生存理由は何であるか。唯懺悔低頭の外無し」という言説と一致して誤りはない。

しかし、それは蘆花の心情を好意的に解釈したもので『富士』四巻の評価とはなりにくい。作家が真摯《しんし》な態度で書けば「そこには何かがあるだろう」という批評はあまりに道徳的すぎるからである。

蘆花は『富士』について、

「いと小さき夫婦の日常生活の記録――然し神と人、歴史と生命、霊と肉、東洋と西洋、而して畢竟、男と女、其の対抗、血闘、苦闘、抱擁、融和は端的に其処に現われる。斯の新旧雑揉《ざつじゅう》、東西混淆………混沌の中から一男一女、一夫婦を造り上げられる創造の過程を見んとならば、小説富士はまさにそれである。

縮写されたる新日本の解脱更正史を、其処に読む事も出来得よう。」

という文章を『富士』第一巻の広告文として書いている。が、この小説にその内容を求めることは無理であろう。特に「縮写されたる新日本の解脱更正史を、其処に読む事も出来得よう」とする蘆花の広告は、現実を忘れた誇大な妄想といわなければならない。

小説『富士』四巻はかれのいうような小説ではない。この小説は「いと小さき夫婦の日常生活の記録」そのものであり、蘆花の人間像をそのまま「あぶりだし」にした作品である。実際この小説ほど、一般の小説作法を無視した作品はない。

なぜなら、ここにはいっさいの小説的仮構が排除されていて、ゾラ的な平面描写が前後に関係なく登場してくるからである。登場人物も小説の論理とは全く関係なく登場し、そのまま突然にして消えている。

この取捨選択のない事実の羅列は、結局、蘆花の自己肯定と生活即芸術であるという立場を物語っているもので、その意味では理解できるものの、作品としてはこの小説を著しく煩雑なものにしている。

そこで小説『富士』の正当な評価は、これを文芸的な作品として見るより、むしろひとりの人間の特異なヒューマン－ドキュメントとしてながめることにある。

この立場からこの作品をながめると、謙虚に自己のすべてを神と人の前に告白しようとした蘆花の真摯な態度が明らかになる。蘆花はこの作品を読者に向かって書いていない。かれは、自己と神のためにこの作品を書いているのである。

それゆえ、この作品はいっさいの批評を受けつけようとしないきびしい事実の重みを持っている。われわれは全裸になった人間を批評することはできない。なぜなら、それが事実であり、それ以外のなにものでもないからである。小説『富士』四巻は終始あくなき事実の羅列に徹底して、かれが語ったという「遺言」ぶりをみごとに示している。その意味で、これを書くことができた蘆花はしあわせな作家といえるであろう。

年譜

一八六八年(明治元) **一歳** 十月二十五日、熊本県葦北郡水俣に生まれた。後年、自らもこの日を誕生の日としているが、戸籍簿の記載では十月二十日となっている。本名は健次郎。

蘆花が生まれたこの年は、士分の家に娘ばかり四人続いて生まれたため失望した父一敬が、末娘に「初」と命名したあと、文久三年（一八六三）陰暦一月二十五日に長男猪一郎（蘇峰）が生まれ、その六歳の年に当たる。その二歳年下の男の子（友喜）がいたが、夭折した。

徳富家は細川家の惣庄屋で、一敬は八代目に当たる。

一八七一年(明治四) **四歳** 八月十五日、キャプテンゼェンス、熊本洋学校教師として着任。

一八七二年(明治五) **五歳** このころ、一家の寵愛《ちょうあい》深く、金ボタンの洋服や絹絣を着せられる。顔一面に腫物《はれもの》を生じ長く癒《い》えず。

一八七四年(明治七) **七歳** 本山小学校に入学。成績優秀なるも身体虚弱。

一八七五年(明治八) **八歳** この年から日記を書き始める。

「一字書き損ずると初から破いてしまった。悉皆《すっかり》書き直さねば気が済まなかった。」

一八七六年(明治九) **九歳** 熊本洋学校入学。一月二十九日、熊本洋学校生徒三十五名、花岡山にて信教の誓盟をする。中に、兄猪一郎、従兄、伊勢(横井)時雄がいた。兄猪一郎、この年はじめて上京、約二ヵ月間神田一つ橋東京英語学校に通学、秋、東京を去って、京都同志社に入学。九月十八日、京都同志社新校舎落成、十月二十四日、神風連の乱あり、ゼェンス熊本を去る。

一八七七年(明治十) **十歳** 西南戦争を避けて、熊本市の東南沼山津および杉堂に数ヵ月を過ごす。

一八七八年(明治十一) **十一歳** 春、小学校の連合競争に選ばれ「日本略史」を講義す。六月、兄猪一郎に伴われて京都に出て、同志社に入学。

新島襄に認められ、また、学友から「徳健さん」と呼ばれる。

一八七九年(明治十二) **十二歳** 暑中休暇を京都栂尾の寺および愛媛県今治教会の牧師伊勢時雄の許にて過ごす。同学友小崎継憲より「七一雑報」掲載の翻訳小説を読み聞かせられ、はじめて外国小説に興味を感ず。同時に「八犬伝」、「以呂波文庫」を耽読する。

一八八〇年(明治十三) **十三歳** 六月、同志社を退学して熊本に帰る。軍談、「太平記」、「今昔物語」等を耽読する。九月、熊本共立学舎に入学。

一八八一年(明治十四) **十四歳** 母久子に連れられて、教会に行く。文章に凝り、記事論説を朝食前に一題ずつ作るのを日課とする。また、「七一雑報」中の物語に擬し、小説を作り始める。

一八八二年(明治十五) **十五歳** 三月、大江義塾に入学、このごろ、父一敬に反目し、自ら「制馭論」を書こうとする。

一八八三年(明治十六) **十六歳** 七月、兄と阿蘇山麓の栃木温泉に遊ぶ。矢野龍溪の「経国美談」、宮崎夢柳の「佛蘭西革命記自由の凱歌」及び浄瑠璃本などを読む。秋、秋蚕期より父一敬の命で養蚕を見習う。父一敬、兄猪一郎に家督を譲る。

一八八四年(明治十七) **十七歳** 母久子受洗する。教会に出席し、キリスト教の信仰に近づく。

一八八五年(明治十八) **十八歳** 三月、熊本三年坂のメソジスト教会で、姉光子と共に受洗する。受洗後、ただちに伊勢時雄の伝道地愛媛県今治に赴き、キリスト教伝道師を志す。

一八八六年(明治十九) **十九歳** 九月、同志社三年級に再入学して、寄宿舎にはいる。山本覚馬の愛娘久栄(新島襄義姪)を愛慕し始める。兄猪一郎「将来之日本」を刊行して世に知らる。十二月、兄猪一郎、大江義塾を閉じ、一家を率いて東京に移住。

一八八七年(明治二十) **二十歳** 山本久栄と夫婦の約束をするが、久栄の叔母の知る所となり、その立会いの下に別る。五月、「同志社文学」に「孤墳之夕」を掲載して、文名を知られる。六月、山本久栄との恋愛復活する。夏季休暇にはじめて上京、霊南坂の父母の家に滞在する。久栄から写真を受けとり、家中から説教を受ける。九月、意を決して破約訣別の書を久栄に送る。十二月十六日、数通の遺書を認め、夜京都を立って鹿児島に走る。

一八八八年(明治二十一)　**二十一歳**　二月、叔父徳永昌龍に迎えられて鹿児島から水俣に帰り、姉光子の夫河田精一に伴われて熊本に行き、熊本英語学校の教師となる。感想録「はわき溜」「有礼意」を回覧雑誌「文海思藻」に書く。

この頃より「蘆花逸生」の号を名のる。

一八八九年(明治二十二)　**二十二歳**　五月、熊本英語学校の教師を辞して東京に出て、京橋滝山町に下宿する。兄猪一郎の経営する民友社にはいる。九月、「ジョンブライト伝」を民友社から刊行する。十二月、「リチヤードコブデン」を民友社から刊行する。

一八九〇年(明治二十三)　**二十三歳**　四月、「国民新聞」に「モルトケ将軍」を書く。八月一日から、「国民新聞」に「水郷の夢」を掲ぐ。

一八九一年(明治二十四)　**二十四歳**　キリスト教の信仰が冷却して、聖書から離れ、祈禱より遠ざかる。六月号から八月号までの「国民之友」に「トルストイ伯の飲酒喫煙論」を書く。

一八九二年(明治二十五)　**二十五歳**　ひそかに京都時代の思い出「春夢の記」を書く。八月二日、翻案「夏の夜がたり」を「国民新聞」に掲ぐ。十一月九日、「グラッドストン伝」を民友社から公刊する。ゲーテの「ウイルヘルム・マイステル」に感激して、三晩眠らず。秋、原田愛子との縁談が起こる。

一八九三年(明治二十六)　**二十六歳**　五月、トルストイの「アンナ＝カレーニナ」を買うために横浜まで出かける。七月二十九日、随想「百合の花」を「国民新聞」に掲ぐ。(七月二十日、山本久栄、二十三歳で京都に死ぬ)

一八九四年(明治二十七)　**二十七歳**　新生涯にはいる決心をして精細な日記を書き始める。四月、父一敬より田畑一町歩、紡績株千円の分与を受ける。五月五日、氷川町の両親の家で、原田愛子と結婚式を挙げる。夏、家庭生活のことについて、原田家から抗議を受ける。

一八九五年(明治二十八)　**二十八歳**　一月、妻愛子の父原田弥平次、母鹿子チフスで熊本に死ぬ。二月分の給料十一円を前借して急ぎ西下する。二月、妻愛子チブスに感染して熊本病院に入院する。看護のため滞在し、四月帰京する。五月、「家庭雑誌」に「訪わぬ墓」「犬の話」を発表。九月、「家庭雑誌」に「恐ろしき一夜」を発表。

一八九六年（明治二十九）　**二十九歳**　四月、和田英作について洋画を習う。夏、癇癪の発作で夜半刀を抜いて蚊帳を切り、また、父一敬の書および横井小楠の掛軸をスルメ裂きにする。十二月、「国民新聞」に「水国の秋」を発表。

一八九七年（明治三十）　**三十歳**　一月、東京氷川町から逗子に移転。四月、「トルストイ」を十二文豪中の第十巻として民友社から刊行。絵行脚に出発。相模の川崎、箱根、三島、牛臥、沼津、富士川、三崎、浦賀に遊び、初春の風景をスケッチして帰る。「家庭雑誌」九月号に「風景画家コロオ」を発表。

一八九八年（明治三十一）　**三十一歳**　一月二十五日「此頃の富士の曙」を「国民新聞」に発表して一躍名を知られる。三月、過去十年の原稿を整理して、最初の文芸作品集「青山白雲」を民友社から刊行。四月、蕪村句集を胸に常陸の土浦、鹿島に遊ぶ。六月、逗子で避暑中の福家安子から大山信子の実話を聞く。十一月、小説「不如帰」を「国民新聞」に連載し始める。

一八九九年（明治三十二）　**三十二歳**　「国民新聞」の元旦号に「田家の煙」を発表。一月三日、同紙に「大海の出日」を発表。一月十一日より、十三日にかけて「田舎雑景」「四ツ手網」「相模灘の水蒸気」「富士の倒影」を発表。四月末、写生道具を携えて熱海に一週間遊ぶ。三島を経て帰京。五月二十四日、前年より連載の「不如帰」完結す。

一九〇〇年（明治三十三）　**三十三歳**　一月十五日、小説「不如帰」を単行本として民友社より出版。三月三日より十三日まで、「国民新聞」に小説「灰燼」を連載。三月二十三日より、同紙に長編小説「思出の記」の連載を始める。四月末、伊香保に約四十日滞在し、スケッチを楽しみ、ラスキン著「近代画家」に親しむ。帰途、赤城に登山し、日光に遊ぶ。八月十八日、逗子滞在以来の小品集「自然と人生」を民友社より刊行。

このころから俸給による生活をやめて、原稿料による生活を始める。十月四日、四年間の逗子生活と別れ、居を東京市外原宿に移す。

一九〇一年（明治三十四）　**三十四歳**　三月二十一日「思出

の記」完結し、五月十五日、民友社から単行本として刊行。非常な売れ行きをみせる。十月、初めて民友社以外の雑誌、「新声」に「零落」を書く。同月、信州小諸より島崎藤村来訪。十月二十六日、小説「黒潮」を「国民新聞」に連載し始める。

一九〇二年(明治三十五) **三十五歳** 八月十日旧稿を輯めて「青蘆集」と題し、民友社より刊行。九月二日、三日の両日「国民新聞」に「何故に余は小説を書くや」を発表。このころ、兄に対する反抗心から先祖祭出席を拒む。十月末「黒潮」続編の材料を得るため成田へ行く。十二月二十三日より二十七日まで、「国民新聞」に「霜枯日記」五回を連載。無断にて字句を削除され、大いに憤慨。二十七日、「国民新聞」に対し「告別の辞」を書いたが、翌二十八日、兄猪一郎の面前にて火中す。

一九〇三年(明治三十六) **三十六歳** 一月早々、再び「告別の辞」を書いて国民新聞社に送り掲載を拒絶される。民友社より餞別として金百円を贈られたがこれを辞退。一月二十一日、東京青山原宿一七八に自ら黒潮社を設く。二月二十七日、「黒潮」の第一編を黒潮社より自費出版。巻頭に兄猪一郎に対する「告別の辞」を掲ぐ。世評徳富兄弟のために湧《わ》く。四月、本郷座にて藤沢浅次郎、木下吉之助等の一座「不如帰」を初演。

一九〇四年(明治三十七) **三十七歳** 二月十日、日露開戦の詔勅下る。平民社発行の「平民新聞」、非戦論号に寄稿す。

一九〇五年(明治三十八) **三十八歳** 伯母竹崎順子の死に動かされ、心的変化起こり万事に物優しくなる。八月四日、富士登山に出発。妻愛子および姪ひとりを同伴して吉田口より登る。暴風雨に会い、七日より十一日まで頂上にて人事不省に陥る。十四日ようやく原宿に帰る。このころから、再生の自己を発見、同時に懊悩の時代にはいる。十二月、静養のため、西那須野、須巻温泉に行き大いに祈る。帰来するや妻愛子に過去の懺悔をなし、生活刷新のため護身用の刀や短銃の類を砕《くだ》き捨て、菜食生活を始める。心的革命のため、不用品を売り払い原宿を引き払う。同月三十日、「山に転居」の札を家に貼り、逗子に赴き越年する。

一九〇六年(明治三十九) **三十九歳** 一月、「早稲田文学」

に「余が犯せる殺人罪」を寄稿。一月逗子を立ち、三月まで伊香保に滞在。伊香保滞在中に福音書およびトルストイ著 what to do? を読むを日課とし、散策の時賛美歌を楽しむ。三月、ロシアにトルストイ訪問を思い立つ。四月四日、備後丸にて横浜を出発、香港、スエズ、カイロ、コンスタンチノープル、バルカン諸国、キエフを経て、七月、ヤスナヤ・ポリヤナに到着。一週間滞在の後、モスクワ、シベリアを経て、ウラジオストクから敦賀に帰る。十二月、青山学院にて、「眼を開け」と題して講演をする。十日、第一高等学校嚶鳴堂にて「勝利の悲哀」の講演をする。十五日「順礼紀行」を警醒社より刊行。二十五日、月刊「黒潮」の発行を企て、第一号に、「閑窓雑筆」「勝利の悲哀」「基督降誕祭」「去年の余に語りし自然」等を掲載。

一九〇七年(明治四十) **四十歳** 一月二十五日、「黒潮」第二号発行「閑窓雑筆二 愛」等を掲載。二月、東京市赤坂区青山高樹町より、東京府下北多摩千歳村字粕谷に移転する。

一九〇八年(明治四十一) **四十一歳** 三月十一日、二十八人集に「国木田哲夫兄に与えて僕の近状を報ずる書」を書く。九月二十日、「寄生木」の主人公小笠原善平陸中下閉伊郡山口村に死す。享年二十八。九月二十八日、兄猪一郎の末女鶴子を養女に迎える。

一九〇九年(明治四十二) **四十二歳** 二月八日、「寄生木」の主人公、小笠原善平の郷里を訪れる。このころより菜食主義を捨てる。五月十日、二葉亭四迷、ロシアよりの帰途死す。十月二十六日、伊藤博文ハルビン駅頭にて安重根のために暗殺される。十二月八日、小説「寄生木」を警醒社より刊行。

一九一〇年(明治四十三) **四十三歳** 六月一日、幸徳秋水、相州湯河原より引致される。十月二十八日、トルストイ、ヤスナヤ・ポリヤナの家を出て、十一月七日一寒駅にて死す。享年八十二。十二月二十九日、無政府主義事件の予審結審する。

被告のひとり大石誠之助のいった「嘘から出たマコト」の一言を銘記する。

一九一一年(明治四十四) **四十四歳** 一月無政府主義事件について、総理大臣桂太郎に建白書を送る。一月十八日、無政府主義事件の判決言渡しがあり、幸徳秋水以下二十四名死刑の宣告を受ける。二月、第一高等学校で講演した「謀叛論」が問題となり、これが原因で同校の弁論部長畔柳都太郎、校長新渡戸稲造の譴責問題起こる。

一九一二年(明治四十五・大正元) **四十五歳** 七月三十日、明治天皇崩御。九月十五日、乃木希典夫妻自殺。

一九一三年(大正二) **四十六歳** 三月十三日、田園生活の記録「みみずのたはこと」を新橋堂より刊行。六月、小説「十年」を「国民新聞」に連載しはじめたが、意すすまず十一回で中止す。

一九一四年(大正三) **四十七歳** 五月五日、結婚記念第二十一回を期し、日記を書きはじめる。五月二十一日、養女鶴子を兄猪一郎のもとにかえす。五月二十六日、父一敬、九十三歳にて死亡、その葬式に参列せず門前に「喪中面会御断り」の貼紙をなし、以後長く面会、文通を謝絶し、親族とも疎隔す。十二月十日、「黒い眼と茶色の目」を新橋堂より刊行。

六月、「中央公論」に「徳富蘆花論」を掲載し山路愛山、相馬御風、内田魯庵、徳田秋声、木下尚江、正宗白鳥、宮崎湖処子、後藤寅外、中村星湖、上司小剣等が執筆。

この年、第一次世界大戦はじまる。

一九一五年(大正四) **四十八歳** 三月、妻愛子大病。六月伊香保に遊ぶ。同地柳香軒にて弓術を学ぶ。

一九一七年(大正六) **五十歳** 二月十五日、来朝中の小レオ＝トルストイを粕谷の邸に迎える。三月十五日、「死の蔭に」を大江書房より出版。

一九一八年(大正七) **五十一歳** 粕谷の邸を恒春園と名づける。四月二十一日「新春」を福永書店より刊行。

一九一九年(大正八) **五十二歳** この年をもって、自ら新紀元第一年とする。一月二十七日、第二のアダム・イブの宣言を提げて、夫妻相携え横浜から世界一周の途にのぼる。自らを「日子《ひこ》」、妻愛子を「日女《ひめ》」と呼ぶ。四月二十一日「私の所望」を講和会議出席中の西園寺公望、ウィルソン、ロイド＝ジョージ、ロンドンタイムス記者、および日本時事新報社に送る。

十二月十八日、母久子、東京にて死す、享年九十一。

一九二〇年(大正九) **五十三歳** 三月八日、一年二ヵ月の世界巡礼を終え、春洋丸にて夫妻無事粕谷の自邸に帰り、直ちに妻愛子の協力を得て、「日本から日本へ」の原稿に筆を執る。

一九二一年（大正十）　**五十四歳**　一月二十日、「日本から日本へ」の大著を脱稿。三月八日「日本から日本へ」の東の巻および西の巻二冊を妻愛子との合著として金尾文淵堂より刊行。

一九二二年（大正十一）　**五十五歳**　一月より三月にかけて九州および朝鮮に旅行し、諸所にて講演をする。帰途、京都若王寺に山本久栄の展墓をなす。

一九二三年（大正十二）　**五十六歳**　四月二十三日、「竹崎順子」を福永書店より刊行。九月一日、関東地方に大震災あり。

一九二四年（大正十三）　**五十七歳**　一月二十六日、「富士」第一巻を起稿。九月、アメリカ合衆国の排日法案に憤慨して、「太平洋を中にして」を編纂し文化生活研究会より発行。十月「死刑廃止」および「死刑廃すべし」を書く。

一九二五年（大正十四）　**五十八歳**　五月十日、「富士」第一巻を福永書店より刊行。

一九二六年（大正十五・昭和元）　**五十九歳**　二月十五日「富士」第二巻を福永書店より刊行。六月、健康すぐれず、妻愛子を伴い市川、高尾山に遊ぶ。十二月十五日「富士」第三巻の校正をすませ、第四巻の目次を書いて欄間にかかぐ。

一九二七年（昭和二）　**六十歳**　一月十五日、「富士」第三巻を福永書店より刊行。赤飯をたいて病床にこれを祝う。二月十四日夕、衝心症を起こし危篤に陥る。都下の新聞重態を報道。五月、やや快方に赴き、ベッドに起きて知人読者への礼状を書き新聞に発表。七月六日、伊香保に行く。八月再び重体に陥る。九月十七日、兄猪一郎との会見を切望し「お目にかかりたし直ちに御出を乞う」の至急電報を打つ。九月十八日、床上に起坐し、十五年ぶりに兄猪一郎と再会する。同日夕刻より病状悪化、九時ごろに至り危篤に陥る。兄猪一郎に後事を託し、十時五十五分ついに永眠す。

九月二十三日、午後二時より青山会館にて葬儀執行。来会者二千余名。四時霊柩青山会館を出て遺骸を粕谷の邸内（現在の世田谷区粕谷蘆花恒春園内）櫟林に土葬す。

参考文献

『蘆花全集』 解題、落穂 新潮社 昭和3・10～5・5
『蘆花伝』 前田河広一郎 岩波書店 昭和13・4
『蘆花の芸術』 前田河広一郎 興風館 昭和18・11
『蘇峰と蘆花』 鑓田研一 潮文閣 昭和19・5
『徳富蘆花』 今田哲夫 市ケ谷出版 昭和25・4
『名作モデル物語』 福田清人 朝日新聞社 昭和29・10
『独歩と蘆花』(文学散歩) 野田宇太郎 昭和40・1
『蘆花の家のことなど』(文学散歩) 伊藤整 昭和40・1
『徳富蘆花』「日本」 稲垣達郎 昭和40・10
『泉鏡花・徳富蘆花集』「現代日本文学全集」 筑摩書房 昭和30・5
『徳富蘆花集』「明治文学全集」 筑摩書房 昭和41・5

さくいん

—完—

徳冨蘆花■人と作品　　　　　定価はカバーに表示

1967年12月10日　第1刷発行©
2018年4月10日　新装版第1刷発行©

・著　者　……………………福田清人《ふくだきよと》／岡本正臣《おかもとまさおみ》
・発行者　……………………野村　久一郎
・印刷所　……………………法規書籍印刷株式会社
・発行所　……………………株式会社　清水書院

〒102-0072　東京都千代田区飯田橋3-11-6
Tel・03(5213)7151～7
振替口座・00130-3-5283
http://www.shimizushoin.co.jp

検印省略
落丁本・乱丁本は
おとりかえします。

CenturyBooks

Printed in Japan
ISBN978-4-389-40128-3

CenturyBooks

清水書院の〝センチュリーブックス〟発刊のことば

近年の科学技術の発達は、まことに目覚ましいものがあります。月世界への旅行も、近い将来のこととして、夢ではなくなりました。しかし、一方、人間性は疎外され、文化も、商品化されようとしていることも、否定できません。

いま、人間性の回復をはかり、先人の遺した偉大な文化を継承して、高貴な精神の城を守り、明日への創造に資することは、今世紀に生きる私たちの、重大な責務であると信じます。

私たちがここに、「センチュリーブックス」を刊行いたしますのは、人間形成期にある学生・生徒の諸君、職場にある若い世代に精神の糧を提供し、この責任の一端を果たしたいためであります。

ここに読者諸氏の豊かな人間性を讃えつつご愛読を願います。

一九六六年

清水《しみず》 [signature]

SHIMIZU SHOIN